失恋勇者はバウムクーヘンの夢を見るか？

藤崎　都

illustration：石田惠美

失恋勇者はバウムクーヘンの夢を見るか？

1

久しぶりに袖を通した黒のスーツは、少し窮屈になっていた。

丁寧に保管してくれていたようで、皺《しわ》一つついていない。ずっと身に着けていた特別に誂《あつら》えられた白金《はくぎん》の鎧《よろい》に比べれば羽のような軽さだ。

磨き上げられた革靴を履き、桜色のネクタイをディンプルノットに整えると、いよいよかという気持ちが湧いてくる。

後ろで一つに縛れるほどに伸びていた髪も切ってもらって、以前と同じ髪型に整えると本来の自分が戻ってきたようで感慨深かった。

今日で〝勇者カズネ〟から、ただの〝芦谷和音《あしやかずね》〟に戻るのだ。

扉を控えめに叩《たた》く音に振り返る。どうぞ、と声をかけると、薄緑に光る金髪の青年が入ってきた。

「そのような服装のほうがしっくりきますか？」

「キルス」

淋《さび》しさを滲《にじ》ませた笑みを浮かべている彼はキルス――この国の皇子であり神官長であり、和音を召喚した人物だ。

「あ、いや、これは祝いの席で着るものなので、むしろ肩が凝ります。むしろ、いまじゃ鎧のほうがしっくりきますね」

吊《つる》しのスーツよりも体に合わせて作ってもらったもののほうが馴染《なじ》むのは当然だが、それ以上にあの鎧は命を守ってくれた相棒でもあるからだろう。

「なるほど、その服は正装でしたか。カズネ様によくお似合いです」

「そうですか？　ありがとうございます」

親友の結婚式のために、スーツ専門店で買ったものだ。冠婚葬祭で着回せるほうがいいとのアドバイスにより、スタンダードな黒を選んだ。

「本当にお帰りになるのですね、カズネ様」

「はい、残してきた家族も心配ですし、会いたい人もいるので……」

脳裏に浮かんだ顔に、思わず口元が緩む。彼はいま頃どうしているだろうか。

この一年、彼の健康と幸せを願わずにいない日はなかった。

「ケイゴ様のことですね。お別れが淋しいからといって、我《わ》が侭《まま》を云《い》うわけにはいきませんね」

「……っ」

心の内を見抜かれ、カッと顔が熱くなる。最後の戦いに赴く前、感傷的な気持ちになり、キルスに失恋したときのことを話してしまった。

半ば投げやりな気持ちで『勇者』を引き受けたのだと。それでも、いまは心から世界を救いたいと思っていると本音を吐露した。

「窮地に陥っていたからといって、無理にお呼び立てして本当に申し訳ありませんでした」

何度云われたかわからない詫《わ》びの言葉を告げられる。

「も、もういいですから。俺なんかがお役に立ててよかったです」

「そんな云い方はやめてください！　カズネ様の献身は我が国だけでなく、この世界にとって後世に亘《わた》って讃《たた》えられるべきものです」

和音は一年前、星の導きによってこの世界に勇者として召喚された。

（あれももう一年も前のことなのか……）

遠い昔のようでもあり、昨日のことのようにも感じる。あの衝撃の日のことは、いまでも鮮明に思い出せる。

◇

「はあ……」

和音はずっと片想《おも》いをしていた親友・伊住慶吾《いずみけいご》の結婚式と披露宴に出席した帰り、通りかかった公園のベンチで力なく座り込んでいた。

彼らとの想い出の詰まった自分の部屋に、一人淋しく帰りたくなかったからだ。

和音と慶吾、そして新婦である飛鳥井美琴《あすかいみこと》は中学生の頃からの友人だ。学生時代は何をするにも三人で過ごす仲だった。

三人とも読書家で、とくにミステリが好きだという共通点で親しくなった。それぞれの愛読書を薦め合い、名著の感想を語り合った。

同じ高校に進み、その後は共に上京し、慶吾とは同じ大学の別の学部に、美琴とは大学こそ違えどそれぞれ徒歩圏内に居を構えた。

日常的にそれぞれの家に集まっては食事をし、夜更かしをした日々がいまは懐かしい。

慶吾は商社、美琴は大手出版社、そして、和音は全国書店チェーンへと就職した。卒業してからは学生時代のようにはいかなかったけれど、それでも定期的に顔を合わせて近況を報告し合っていた
——そのつもりだった。

三人の間には秘密などないと思っていたのに、慶吾と美琴が結婚するなんて二人から話を聞くまで考えたこともなかった。

とてもいい結婚式で、慶吾はいつも以上にカッコよく、美琴も見蕩《みと》れるほどに綺麗《きれい》で、本当に素敵な一日だった。

今日はどうにか笑って祝福してきたけれど、この先、いままでどおりつき合っていくのは辛《つら》すぎる。

「……うっ……」

これまでどうにか堪《こら》えていた涙が込み上げてくる。一度堰《せき》を切ると止《と》め処《ど》なく、感情が溢《あふ》れ出した。

好きだ。どうしようもなく彼のことが好きだ。

教室の隅で本ばかり読んでいる地味な自分が、学年一、二位を争う成績で教師にも一目置かれていた彼と友人になれたことだけでも奇跡みたいなものだったとは重々自覚している。

この気持ちが叶《かな》うなど考えたこともない。彼もいつか結婚し、子供が生まれ、幸せな家庭を築くのだろうと覚悟さえしていた。

だけど、その相手が美琴なんて想像もしていなかった。いや、結局覚悟していたつもりになっていただけだったのだ。

いつまでも子供のときと同じ時間が続くわけなんてないのに、永遠にあのままでいることを願っていた。

「でも、どうして僕に云ってくれなかったんだろう……」

つき合っているのなら、もっと早く教えてくれたらよかったのに。そうしたら、二人の間に割り込む邪魔者にならずにすんだのに。

結婚までに気持ちの整理をつけることだってできたかもしれない。自分たちは何でも話せる親友ではなかったのだろうか。

（もしかして、僕の気持ちに気づいてたとか？）

そういう意味では、秘密を先に持ったのは自分のほうだ。友達なのに、恋心を抱いてしまった。もしかしたら、そのことを察し、気遣ってくれていたのかもしれない。

慶吾と美琴のことは祝福しているし、二人とも幸せになってほしい。その気持ちに偽りはないけれど、その奥に抑えようのない黒い感情が渦巻いている。

和音には絶対に手に入れられない幸せが羨《うらや》ましくて妬ましい。こんなふうに思ってしまう浅ましい自分が存在していたこともショックだった。

実は少し前に地方へ異動願いを出していて、来期にはこれまで縁のなかった土地で働くことになっていた。

遠くへ引っ越しをして、二人とは疎遠になるつもりだった。夫婦となった慶吾と美琴を、すぐ近くで見続けるのは辛かったからだ。

彼らの傍《そば》にいることが辛いから逃げるなんて、我ながら情けない。

だけど、こんな卑小な人間は、慶吾の親友どころか友人にすら相応《ふさわ》しくない。傍にいることさえ、おこがましいことだったのだ。

そのことにいまさら気づくことになるなんて。和音は肩を震わせて、しゃくり上げる。その弾みでぐうとお腹《なか》が鳴った。

「……こんなときに？」

悲嘆に暮れていても、腹は減る。意思とは関係のない生理現象に苦笑する。

披露宴では味にこだわって会場を選んだというだけあって、素晴らしいフレンチ料理のコースが振る舞われたけれど、ほとんど喉を通らなかった。

いまになって空腹になるなら、駅のコンビニで何か買ってくるんだった。帰っても、冷蔵庫の中にはろくなものが入っていない。

ふと、引き出物の中にバウムクーヘンがあるのを思い出した。これを家に持ち帰り、一人で切り分けて食べるのは虚《むな》しすぎる。

（ここで食べて帰ろう）

無造作に手提げ袋の中から格子柄の箱を取り出し、包装を破って輪っか状の焼き菓子を取り出した。ふわりと漂う甘い香りに食欲が刺激される。

柔らかな生地を千切って口の中に放り込むと、優しい味が染み渡った。再び溢れてきた涙が口に入り、甘塩っぱい味になった。

「……美味《おい》しい」

結婚式の帰り道、若い男が公園でバウムクーヘンを貪り食べているなんて、傍《はた》から見たら滑稽《こっけい》な姿だろう。笑いかけた瞬間、口の中のものを喉に詰まらせかけた。

「むぐっ」

ドンドンと胸を叩き、どうにか気管に入り込むのを防ぐ。公園のどこかに水飲み場があったはずだ。水を飲んで落ち着こうとベンチから腰を上げた瞬間、突如虚空がカッと光った。

◇

……そうして、和音はあの光に飲み込まれ、気づいたら見たこともない異世界に召喚されていたのだ。

眩《まぶ》しさから視界が戻ったときには、白に統一された神殿のような場所にいた。目の前には金髪の髪の美しい青年――キルスが縋《すが》るような眼差《まなざ》しを向けて立っていた。

――お願いします。私たちを助けてください。

まるで、漫画やゲームのような展開に混乱したけれど、自分の身に起きたことは間違いなく事実で、彼らが困り果て、最後の望みの綱として和音を呼び寄せたのだということは切実に伝わってきた。

和音の役目は、世界を破滅へ導く悪神を封じること。

異世界の危機を救う勇者として召喚されるなんて嘘《うそ》のようなできごとに面食らったけれど、失恋で自棄《やけ》になっていた和音は、その運命を受け入れた。

こんな自分でも誰かの役に立てるなら、存在している意味ができる——そう思って。

身一つで知らない世界へ来たことも、元々遠くへ引っ越すつもりでいたから、その予定が少し早まっただけだと受け入れた。

運動音痴で登山すらしたこともなかったのに、体を鍛え、剣術や体術を教えてもらい、魔法のコントロールを覚え、云われるがままに旅に出た。

各地で悪神の力を削《そ》ぐための儀式を執り行い、そうしてつい先日仲間たちと共に世界を滅ぼそうとする悪神を封じることができたのだ。

苦難の連続だったけれど、いま思い返しても慶吾に失恋したこと以上に辛くはなかった。そうやって目まぐるしく日々を過ごしているうちに、気持ちの整理がついた気がする。

そのままこの世界で暮らすことも可能だ。街の復興に協力したい気持ちもあるし、何より親しい友人もたくさんできた。

だけど、自分の世界に帰ることにした。

家族のことが気がかりなのもあったけれど、それ以上に慶吾にもう一度だけ会いたかったから。

自分から彼の傍を離れようとしていたのに、現金なものだ。だけど、いまなら彼らを心から祝福できるはずだ。

「あの、元の場所に戻してもらえるんですよね？」

元の世界といっても、かなり広い。国内ならまだしも、外国に戻されたらどうやって日本《にほん》に帰ればいいかわからない。

「もちろんです。元の場所、元の時間にお送りできるよう万全の準備をしております。ただ、私の送還の儀式も万能ではありませんので、多少の誤差はあるかもしれません」

キルスは罪悪感の滲む顔でそう云った。

「つまり、数日は前後する可能性があるということですか？」

「本当に申し訳ありません……」

数日ならごまかしようもあるけれど、一月《ひと》を超えてしまうと云い訳が大変そうだ。異世界に召喚されて人々を救ってきた、などと口にしたら頭の状態を疑われてしまう。

これぱかりは無事に戻れるよう祈ることと、万が一のときのためにてきとうな理由を考えておくことくらいしかできなさそうだ。

（まあ、何も覚えてないって云えばいいか……）

下手に理由を捏《こ》ねくり回して告げると、あとから矛盾が出てきた場合にフォローに四苦八苦しかねない。余計なことは敢《あ》えて云わないのが、先人の知恵だ。

「あ、そういえば……」

一つ解消されていない謎が残っていることを思い出した。

「何か気がかりなことでも……？」

「ああ、うん。あの〝呪い〟が何だったのか、やっぱり気になるんです。思い出せたら手の打ちようもあるんですけど」

この世界を呪っていた悪神を封じたとき、最後に呪いをかけられた。

――異世界の勇者よ。その身を見知らぬ世界に捧げた代償として、お前の××から××××××がいい！

残る全ての力を振り絞って封じたため、意識が半分遠のいていて、言葉の後半ははっきりと覚えていないのだ。

不安に思い神官でもあるキルスに診てもらったけれど、命や健康に関わるような呪いはかかっていないと云われた。

「きっと、悪神には呪いをかける力など残っていなかったのでしょう」

「そうだといいんですが……」

「お戻りになられたら、ケイゴ様にカズネ様のお気持ちを伝えたらどうですか？」

「そそそそんなことできるわけないじゃないですか！」

とんでもない提案に目を剝《む》く。

「どうしてです？　もしかしたら、想いが通じるかもしれないですよ」

「……だって、彼にはもう相手がいるので。俺がそういうことを云って掻《か》き回したくないんです」

「もし私ならカズネ様の手を離しませんけどね」

「え？」

キルスの独り言めいた言葉に目を瞬《しばたた》く。だが、彼は何ごともなかったように一歩下がり、深々と頭を垂れた。

「――勇者カズネ。この世界を代表してあなたの献身にお礼申し上げます。よろしければ、これをお持ちください」

「これは？」

キルスに虹色に輝く石が埋め込まれたペンダントを手渡された。お守りだろうか。何か強い力を感じる。

「この石は長い時間をかけて魔力を封じ込めたものです。こちらの世界と繋《つな》ぐことができる鍵のようなものと云えばいいでしょうか。これを使えば、一度だけこちらとの道を開くことができます」

「すごい、そんなことができるんですね」

「今日のために準備しておいたものです。もしも、私たちの助けが必要なときはこれを使ってください」

「ありがとう、心強いです」

きっと使うことはないだろうが、キルスの気遣いが感じられて嬉《うれ》しかった。首にそれをかけ、石をぎゅっと手の中に握り込む。

「いままで色々とありがとうございました」

「それは我々の台詞《せりふ》です。カズネ様のお陰でこの世界と人々は救われました。このご恩は後世まで語り継いでいきます」

キルスは和音の手を握り、そう告げる。大仰な感謝の言葉に気恥ずかくあったけれど、和音は彼の手を握り返し、その想いを受け止めた。

2

【R区の公園で行方不明男性。犬の散歩中、男性が発見】

×月×日未明、東京都R区の公園で意識のない二十代の男性を通行人が見つけ、一一九番通報した。男性は××年前に同公園から行方不明になっていた。発見時、命に別状はなかった。現在、事件と事故の両面から捜査している。――※※新聞全国版

◇

「お母さん、心配かけてごめんね」

久々の母親との再会は、懐かしさと申し訳なさで胸が痛んだ。

よく見ると、母親の髪には白いものが増え、以前より痩せていた。ずいぶん歳《とし》を取ったように見えるが、心労をかけてしまったからだろう。

すでにたくさん泣いたあとのようで、目が赤くなっている。いまもまた和音を見つめながら、瞳が潤んできている。

「本当に無事でよかった。あなたが生きて帰ってきてくれただけで充分よ」

和音は召喚されたあの公園で気を失っているところを発見されたらしく、目を覚ましたときには病院の一室にいた。

どうやら、元の時間からはだいぶ経《た》っているらしい。召喚されたのは六月の曇った日だったけれど、いま窓から見えるのは雲一つない青空だ。

(大体、二ヶ月くらいズレたみたいだな)

病室は空調が効いているけれど、外は猛暑の気配がする。

多少の誤差と云っていたのに、とキルスに愚痴を云いたくなったけれど、元の場所に無事に戻ってこられただけでも御の字だ。

発見されてから数日間、こんこんと眠っていたらしいが、一通りの検査で身体的にはどこにも不調が見られないとの診断を受けた。

恐らく、世界を越えるときの衝撃で激しい乗り物酔いのような状態になっていたのだと思うが、そんなことを云えばおかしいと思われてしまう。

病院から警察に連絡が行き、和音の身元はポケットに唯一入っていた交通系ＩＣカードから判明したらしい。

「先生、和音の体はどうですか?」

母がおずおずと医師に訊《たず》ねる。

「悪いところはなさそうなので安心してください。体力の衰えもありませんし、血液検査の結果も良好でした。記憶が混濁している部分は見受けられますが、日常生活を送るには問題はないでしょう。

まだ結果の出てない検査もありますが、それで何もなければ明日には退院できますよ」

「本当ですか？　よかったわね、和音。本当によかった……」

「うん、そうだね」

本人以上に喜んでいる母を見ていて、これまでのことを反省する。

体が弱い上に、鈍臭く要領の悪かった和音は、母の手を煩わせてきた。和音の行方が知れない間の彼女の心痛は計り知れない。

「それでは、私はこれで。何かありましたらナースコールをしてください」

医師は多忙だ。健康な患者に構っている暇はないのだろう。看護師と連れ立って病室を出ていった。

母と二人きりになると、少し気恥ずかしい。大学進学と同時に上京して、そのまま就職したため、実家に帰るのは年末とお盆くらいのものだった。

「ねえ、何だか前よりもちょっと逞《たくま》しくなったんじゃない？」

「そ、そうかな」

母の観察眼にぎくりとなった。昨年の年末は帰郷できなかったから、母と会うのはこちらの時間でおおよそ一年ぶりということになる。

ボディビルダーのような体つきになったわけではないけれど、以前と比べると明らかに逞しくはなっている。

向こうではあり得ない重さのものも持ち上げられるようになったし、傷の治りも早くなった。これは自分の中の魔力の使い方を覚えたからだ。

例えば、傷を負った部分に魔力を集中させると、回復を早めることができた。

「ずっとどこにいたのかしらね……」

「ご、ごめん、俺もよくわからないんだ。でも、戻ってこられてよかった。これからは親孝行するから」

「そんなこと云うと期待しちゃうわよ。でも、あなたももう泣きべそを掻いてた子供じゃないのよね」

「そうだよ、俺ももう二十五……じゃなくて二十四歳なんだから」

「え？」

「あっ、ねえ、みんなはどうしてる？　ほら、お祖母《ばあ》ちゃんとかシラタマとか、あと美琴とか」

一番知りたいのは慶吾のことだが、まだ名前を口にする心の準備ができずに祖母や猫、もう一人の親友のことから聞いてしまう。

「あ、ああ、みんな元気よ。お祖母ちゃんは最近お昼にやってるドラマにハマって楽しいみたい。シラタマは暑いから毎日クーラーの効いた部屋で寝てばっかりね。直接連絡は取ってないけど、美琴ちゃんも元気にしてるはずよ」

「そっか。それじゃあさ、その、け、慶――」

緊張しながら改めて切り出そうとした瞬間、病室の扉がガラリと開いた。

「和音……！」

病室に飛びこんできた人物に目を瞠《みは》ったその瞬間、和音は力強く抱きしめられていた。

「……!?」

何が起こったのか理解できないまま、心臓がいま確かに止まった。

数秒後、再起動した直後からこれ以上ないほどの早鐘を打ち始める。

（ちょっと待って）

心の準備なんて、まだできていない。

一言目に何を告げるかすら決めきれていなかったというのに――。

長いつき合いの中、こんなにも密着したのは初めてのことだ。

力強い感触と体温。煩《うるさ》すぎる鼓動の中、慶吾の匂いのする胸に顔が埋《うず》まり窒息しそうになる。戸惑いと羞恥と、言葉にならない幸福感でいっぱいになった。

（夢かもしれない）

そうだ、そうに決まってる。

慶吾がこんなふうに自分を抱きしめるわけがない。

夢だというなら納得がいく。

つむじのあたりに鼻先を埋められた瞬間、はたと我に返る。

口と鼻が埋まっているせいで、空気が吸えず息が苦しい。酸欠になりかけているということは、やはりこれは夢ではないのだろうか？

死んでもいいほど幸せだけれど、ようやく戻ってきたばかりだというのに人の胸の中で、しかも母親の見ている前で悶死《もんし》するのは情けない。

「――け、慶吾！　ギブ！　ギブギブ！」

最後の力を振り絞って彼の背中を拳《こぶし》で叩く。

「ごめん、嬉しくてつい」

緩められた腕の中から慶吾を見上げると、はにかむような照れ笑いを浮かべていて、心臓を光の速さで撃ち抜かれた。

恐る恐る見上げると、自分の顔以上に見慣れていた親友・伊住慶吾の顔がそこにあった。

彼に名前を呼ばれるだけで、舞い上がるような幸せな気持ちになることをどうしていままで忘れていられたんだろう。

（やっぱり、好きだ）

好きで好きで堪《たま》らない。

感情が止め処なく溢れ出てくる。

どうして彼から離れられると思ったのだろう。

彼が誰を愛して、誰に愛されようが関係ない。ただ愛《いと》しくて堪らない人を見つめることができる幸せに、こうして再会するまで気づいていなかった。

軽く口角を上げた薄い微笑《ほほえ》みに、相も変わらずときめかされる。何故《なぜ》か和音の目には、彼の周りが煌《きら》めいて見える。

奥二重の切れ長の目に薄い唇。すっと伸びた鼻筋とよりシャープになった顎のラインは大人の渋みを加え、チタンフレームの細身の眼鏡は理知的な雰囲気を強調していた。

大人の色気を醸すようになったのは、結婚生活によるものだろうか。

気持ちの整理をつけたつもりだったのに、顔を合わせた瞬間に彼への想いを再確認することになるなんて。本人を前にしたら、以前と同じように胸が高鳴った。

(やばい、こんなところで泣くなって)

いい大人がみっともない。和音はさらに涙が溢れてきそうになったのを、瞬《まばた》きを繰り返してごまかした。

何もかも完璧なくせに、ごくたまに見せる子供っぽいところが可愛《かわい》くて堪らないなどと和音が思っているなんて本人は考えたこともないだろう。

「い、いいけど、手加減はしてよ。ていうか、慶吾がこういうことするなんてどうしたの?」

そもそも、慶吾はスキンシップはあまり得意ではないほうだった。それだけ和音との再会に感情が高ぶったのだろうか。

「五年も会えなかったんだ。仕方ないだろう」

「五年?」

云い間違いだろうかと思い、和音は訊《き》き返す。

「絶対帰ってくるって信じてたけど、」

「ちょ、ちょっと待って! 五年ってどういうこと?」

聞き捨てならない言葉に動揺する和音に、慶吾と母は困惑した様子で顔を見合わせた。

「あのね、和音。あなたが失踪してから五年と二ヶ月が経ってるの」

「え?」

——五年。

想像もしていなかった時間の流れに血の気が引いていく。

キルスは同じ場所、同じ時間の和音の世界に戻れると云っていた。ある程度の誤差が出るとは云っていたけれど、まさか五年もずれてしまうなんて。

青くなっている和音を見て、慶吾はスマートフォンを差し出した。

「日付を見てみろ」

「……っ」

慶吾のスマートフォンを恐る恐る受け取って日付を確認すると、確かにあの日から五年と二ヶ月が過ぎていた。今日がエイプリルフールだとしても、二人がそんな嘘を吐《つ》くはずもない。

さっき、母が変な顔をしたのはこのせいだったのかと腑《ふ》に落ちた。医師が記憶の混濁が見られると云っていたのも、問診での認識のズレがあったからだ。

(西暦とかいまの首相の名前とか、時事的なことばかり訊かれたのはそのせいか……)

母が老いたように感じたのは、五年も気苦労をかけていたからなのだろう。よく考えたら、お洒落《しゃれ》を欠かすことのなかった母が白髪も染めずにいるなんてあり得ない。

恐らく、心労から身なりに気を配る心の余裕もなかったということだ。

(浦島太郎《うらしまたろう》の気分ってこんなだったのかな……)

浜辺でイジメられていた亀を助け、招待された竜宮城《りゅうぐうじょう》から帰ってきたときには親はすでに亡く、知人すらもいなかった彼の状況よりはマシではあるかもしれないが。

「和音の認識だと、どのくらいの時間が経過してるんだ？」

向こうの世界では約一年を過ごした。けれど、そのことについては話せない。

異世界に召喚されて、勇者となり、悪に落ちた神と戦ってきたなどと話せば、精神疾患を疑われるだろう。和音が選べる無難な選択肢は記憶喪失を装うことだ。

「それはその――」

必死に言葉を選んでいた和音は、扉をノックする音が聞こえてきて口を閉じた。こちらの返事も待たず、引き戸が大きく開かれる。

「どうもどうも、いまちょっといいですか？」

病室に入ってきたのは、やや小太りのくたびれたグレーのスーツを身に着けた男性だった。見たところ、五十代前半といったところか。

「あの、どちらさまでしょうか……？」

母も怪訝《けげん》な顔をしている。

「ああ、すみませんねえ。申し遅れました。こういう者です」

「警察の人？」

「ええ、木村《きむら》と申します。芦谷さんの事件について、これからは私が担当することになりました」

彼が胸元から取り出したのは、記章のついた黒い手帳だった。

（警察手帳なんて初めて見た。そうか、俺の失踪は〝事件〟なんだ）

和音は非日常的なアイテムを目にして、改めて現実を実感する。

「いやいや、芦谷さんが見つかって本当によかったですねえ。息子さんの発見に、警察は何のお力にもなれませんでしたけど」

「いえ、それは仕方がなかったですし……」

二人の会話から察するに、和音の捜索にはあまり警察の手が割かれなかったようだ。成人の行方不明者なら家出と区別がつきにくいし、やむを得ない面もあるのだろう。

「それで、今日はどういったご用件で？」

慶吾は警戒心を露《あら》わに、会話に割って入ってきた。

「これはこれは、伊住先生。もういらしてるなんて耳が早いですね」

「えっ、慶吾、刑事さんと知り合いなの？」

「いや――」

「私が一方的に存じ上げてるだけです。高名な先生にお目にかかれて光栄ですよ」

木村の慇懃《いんぎん》無礼な物云いが気になる。〝先生〟とわざわざつけたのは、慶吾が小説を書いているからだろうか。

慶吾は高校生のときにとある文学賞を受賞して作家デビューを果たした。高校と大学在学中に計三冊の本を上梓《じょうし》した。

和音の記憶では、慶吾が最後に出版社から本を出したのは大学二年のときだ。その本の執筆にかなり苦労していて、それが発売されて以降は小説を書くことから距離を取っていたはずだ。

「今日は報告書を書くための型どおりの聴取ですのでそう構えなくて大丈夫ですよ」

「聴取、ですか……？」

「聴取は記憶が鮮明なうちにしないと、すぐにぼやけていきますからね。だから、一日でも早く話を聞かせてもらいたいんです。事件でも事故でも、原因を究明するのが警察の仕事ですから」

「つまり、これまでは事件とも事故とも思っていなかったってことですね」

和音はなるほどと思ったけれど、慶吾の言葉には棘《とげ》がある。抑えきれない憤りがあるようだ。

「私は以前の指針には疑問を抱いていたんですよ。芦谷さんからお話を聞くに当たって、恐らく一番状況を把握してらっしゃる伊住先生にも同席していただけると助かります」

「もちろん、そのつもりです」

慶吾が同席してくれることにほっとする。和音一人だったら、うっかり何を口走ってしまうかわからない。

（下手なことを云わないようにしないと）

木村は重箱の隅をつついてくるタイプのように見える。迂闊《うかつ》なことを口にすれば、しつこく追及してくるに違いない。

「お母さんもよろしいですか？」

「え、ええ、もちろんです！　慶吾くんにはいてもらいたいです」

母の了承が取れると、木村は壁際にあった椅子を引き寄せて勝手に腰を下ろし、ポケットから手帳を取り出した。

「芦谷さんがこの五年、どうしていたか聞かせてくれるだけでいいんですよ」

「あの、そのことですけど、全然覚えてないんです。五年も経ってるなんて知らなくて……」

「ふむ。つまり、芦谷さんの認識ではそんなには経っていないということですね」

「どうも、そうみたいなんです」

内心でヒヤヒヤとしながら嘘を口にする。

「芦谷さんは行方不明になっていた間、どうしていたんですか？」

「……わかりません。何も覚えていないんです」

「誰かに危害を加えられたり、事故に遭った記憶などはありますか？」

「いいえ、そういうことは……なかったと思います」

はっきりと否定するのは得策ではないと思い、濁す言葉をつけ加えた。

「では、覚えている限りで構いませんので、ご自身に起きたことを改めて順を追って説明していただけますか？」

「ええと、慶吾の結婚式の帰りに家の近所の公園で休憩しました。そこでお腹が空いちゃって、引き出物のバウムクーヘンを食べてたんです」

和音があの公園で失恋の傷心に泣いていたことは、もちろん伏せておく。この気持ちは墓場まで持っていくべきものだ。

「その日の引き出物を公園で食べてたんですか？」

「行儀が悪いですけど、披露宴では緊張してしまってあまり食べられなかったもので。でも、その先のことはよく覚えてないんです」

バウムクーヘンを食べている最中に、そこでいきなり現れた強い光に吸い込まれ、異世界へ強制的に召喚されてしまったのだが、あの体験を説明するのは難しい。

「――なるほど。肝心な部分は本当に何も覚えてらっしゃらないんですねえ」

「すみません……」

「和音が謝る必要はない」

「そのとおり、事実を話しているなら謝罪はいりません」

「……ッ」

いちいち気に障る云い方をするタイプだ。

「公園で発見されましたが、そのときはどうだったんですか？」

「気がついたら病室で寝ていたので、何もわからないんです。公園で倒れているところを発見されたと教えてもらいました」

「身に着けていたのは交通系ＩＣカードとペンダントだけですか」

「……そうみたいです」

ペンダントというのは、キルスに渡された魔石のことだ。

あの石について精査される可能性は低いだろうし、魔力が検知されることはないだろう。ただ、入手について訊ねられると面倒ではあるため、触れられないことを祈ってしまう。

「公園で意識を失う前の手荷物の中味は覚えていますか？」

「ええと、財布とスマホと文庫、あとハンカチは持っていたと思いますが……」

さすがに一年前の持ち物の詳細までは覚えていない。重箱の隅をつついて油断させる作戦なのだろうか。これ以上答えられることはないのだが、木村は和音に何を答えさせたいのだろうか。

(まさか、異世界に行ってたってバレてるとか!?)

勇者となって悪神を倒してきたのだ。この世にあり得ないことなんてない。

もしかしたら、政府は異世界の存在を把握していて、境界を越えた人間を調べてるという可能性だって考えられる。

和音がそれに該当すると知られたら、黙って放っておかれることはないだろう。向こうの世界のことや行き来の仕方など、あらゆることを知りたがるに違いない。

(絶対にバレないようにしなきゃ)

そして、異世界の存在が知られたら、よからぬ企《たくら》みが湧いて出てこないとも限らない。

「えー、芦谷さんの失踪に関しては、いくつかの仮説が立てられます」

「仮説、ですか」

木村は人差し指を立てて、持論を展開し始めた。

「まず一つは何らかの事件に巻き込まれた可能性。貴重品が残っていたことから、行きずりの強盗の線は除外できそうですが、第三者として関わってしまった線は否定できません」

「第三者としてというのは……」

「犯罪を目撃してしまい証拠隠滅に連れ去られた、ということです。つまり、誘拐されたのちに監禁されていたとも考えられます」

「――――」

云うなれば、あれは誘拐の一種だったと云えなくもない。違う世界に監禁されていたと解釈することもできる。

だが、犯罪としてどころか本当にあったこととして立証することは不可能だろう。

「二つ目の可能性は何らかの理由で一時的に記憶を失い、別人として生きていた。これが一番、あり得るかもしれませんね」

「なるほど、その可能性はありますね」

「彷徨《さまよ》った先で保護され、そのまま暮らしていた。しかし、何らかのきっかけで過去の記憶を取り戻し、本能的に元の場所に戻ってきた――というのは、少しドラマチックすぎますかね。ただ、失踪時と同じ服装なのが引っかかります。本人が何も覚えていないというなら、誰かに着せられたということでしょう？　その理由がわかりません」

木村の疑問はいちいち痛いところをついてくる。

(他に着るものがなかったからなんだけど……)

同じ時間と場所に戻ってくるつもりだったから、こんなにも不可解に思われるなんて考えもしなかった。しかし向こうの世界の服を着ていたら、縫製やデザインの違いにさらなる疑問を生んでいただろう。

「本当に何も覚えていないんですか？　失踪時と同じ場所、同じ服装で倒れているなんてちょっとできすぎですよねえ。もしも誘拐だったとしたら、どうして解放されたのか……」

「あの、それって……」

どう考えても疑いを向けられている。客観的に見れば、確かに怪しい。記憶にないということで押し切ろうと軽く考えていたけれど、そう簡単にはいかなそうだ。

(困ったな……別に悪いことしてきたわけじゃないけど……)

どうしたらいいのかと困惑していたそのとき、慶吾が云った。

「失敬だな。自作自演とでも云いたそうですね。弁護士が必要なら、いますぐ来てもらいましょうか？」

彼はそうすることが当たり前だと云わんばかりに、和音を抱き寄せるようにして肩に手を置き、木村と対峙《たいじ》する。

まさか、こんな形で和音の窮地を助けてくれるなんて。まるで、慶吾は和音を救いに来た『勇者』のようだった。

温かいの手の感触に、それまでの不安な気持ちが一瞬で消え去った。同時に目の奥が熱くなり、鼻がツンと痛む。

「大丈夫だ、俺がついてるから」

頼もしい言葉に胸がぎゅっと締めつけられる。

「弁護士なんて、そこまでお手を煩わせるほどのことではありませんから」

「でしたら、和音に対して犯人扱いのような物云いをやめていただけますか？」

「いやいや、すみません。職業病というか、癖のようなものでしてね。行方不明事件ですからね。一応、状況を整理しておきたくて。私が担当になったのはつい最近のことなので、改めて最初から詳しくお話を聞かせてもらいたいんです」

「病室に押しかけてまですることですか？　和音が見つかった途端、仕事熱心になられたようですね。これまで警察の皆さんは和音の行方の手がかり一つ摑《つか》めていませんでしたけど、いままで何をなさってたんですか？」

「け、慶吾」

火花が散るような二人の嫌みの応酬におろおろとしてしまう。慶吾は和音を守ろうとしてくれているのだろう。ありがたすぎるが、慶吾の立場が悪くなるのは本意ではない。

「大人の行方不明事件にはなかなか人員を割けないというのもありますが、同僚に不手際があったなら代わりに謝罪しておきます」

木村が先に矛を収めた。これ以上云い合いをしていても、意味がないと判断したようだ。そもそも露悪的な物云いをしたのは、こちらを苛立《いらだ》たせてボロを出させる作戦か何かだったのだろう。

「それはまあ、何の手がかりもありませんでしたから。ですが、不可解な状況で芦谷さんが戻ってきたことは無視できません。今日は簡単な確認だけさせて欲しかったんです」

もしも、和音の失踪が自作自演だったとして、何か罪に問われるのだろうか。法律に詳しくはないが、せいぜい軽犯罪法違反といったところではないだろうか。

そのくらいのことでわざわざ刑事が聴取に来る理由がわからないが、木村も手ぶらでは帰れないのだろう。

「木村さん、今日のところはこのくらいにしてください。詳しいお話はまた後日ということで」

「まあ、いいでしょう。時間が経てば思い出すこともあるでしょうしね。落ち着いたらまたお話を聞かせてもらいます。そういえば、芦谷さんはこれからどこに住まれるんですか？　ご実家に？」

「いえ、彼の地元は遠いので俺の家に来てもらおうと思ってます」

「慶吾の家に!?」

初耳の情報に目を剝いた。

「慶吾くん、そこまで甘えちゃっていいのかしら……？」

不安げに見守っていた母がおずおずと慶吾に確認する。

「もちろんです。いまは一人にしたくないですし、地元に戻ると面倒なこともあるでしょうから」

「そうなのよね。こっちはそんなにお仕事もないし、色々と面倒だから……」

奥歯にものが挟まったような物云いに、地元の閉塞感を思い出した。よく云えばアットホームな、道を歩けば皆自分の名前を知っている距離感の近い空気が存在する。

五年も行方不明の息子が帰ってきたとなれば、あることないこと噂《うわさ》が回り、煩わしいことになるだろう。母に心配をかけた上に、そんな迷惑はかけたくなかった。

「なるほど、伊住先生のお宅にいるなら一番安全ですね。署に来ていただくのも何ですから、こちらから伺います。構いませんね？」

「それで構いません」

有無を云わせぬ物云いの木村に、慶吾は渋々といった様子で承諾した。

「住所を教えていただけますか？」

木村は手帳に慶吾の住所を書きつけていく。その途中、彼はボールペンを取り落とした。

「あ」

和音は瞬時にそれを空中でキャッチしていた。

「すごいですね。スポーツでもやってたんですか？」

反応の早さに、木村は目を剝いていた。

「い、いえ、全然。いまのは偶然ですよ」

無意識にやってしまったが、木村の反応に普通の人間の反射神経ではなかったことに気がついた。どうやら異世界で得た能力は、こちらの世界でも残っているらしい。木村にボールペンを差し出しながら、冷や汗を搔く。

（いまのはまずかったかも……）

動体視力もかなりよくなっているようだ。運動神経が鈍く体力もなかった以前の和音には、絶対にできなかっただろう。

目を覚ましてからのめまぐるしさで気に留めていなかったけれど、自分の中に魔力が満ちているのも感じる。もしかして、こちらの世界でも魔術が使えるのだろうか。

（この力をうっかり出さないよう気をつけないと）

向こうの世界で最初のうちはコントロールが上手《うま》くできず、事故に繋がりかねないことも多々あった。こっちの世界で和音の能力が表沙汰になれば、どんな扱いを受けるかわからない。

「それじゃあ、また今度よろしくお願いしますよ」

木村は恭しく頭を下げて、病室を出ていった。扉が閉まった瞬間に緊張の糸が切れ、和音は安堵《あんど》の息を吐いた。

「まったく、被害者である和音のことを何だと思ってるんだ……。弁護士を通して警察に抗議しておく」

「い、いいよそんなの。ちゃんと話をすれば誤解も解けるだろうし」

「相変わらず、和音はお人好《よ》しだな」

「そんなこと……」

むしろ、事を荒立てて墓穴を掘りたくないだけだ。

「あの刑事さん、何だか感じ悪かったわねえ。まるで、和音が悪いことをしたみたいに」

和音が容疑者のような扱いをされたのが腹に据えたのか、母にしては珍しく不満を口にしている。

「確かに何か疑ってるみたいだったね。でも、人を疑うのが仕事だし、仕方ないんじゃない？」

彼の物云いには戸惑う部分もあったけれど、彼がいたことで慶吾と対峙する緊張感が薄れてくれた。

そういう意味では、彼に大いに感謝している。

「前の担当者さんは親身になってくれたのに」

「違う人だったの？」

「こういう事件のときは、専任で家族の連絡係が置かれるんですって。前任の方は小まめに電話をくれてたのよ」

「いまの木村って人はしばらく前に前任者から引き継いだんだけど、ちょっと懐疑的な人でね。彼は和音じゃなくて俺のことが気に食わないんですよ。あちこちで警察は役に立たないと云って回ってますからね」

「だって、実際そうだったでしょ？　ちゃんと捜査してくれたのなんて最初だけで、ずっと探してくれてたのは慶吾くんじゃない」

「え、そうなの……？」

母の言葉に慶吾を見上げる。

「うん、まあな」

慶吾は複雑そうな笑みを浮かべていた。

「慶吾くんがこの五年、ずっと和音を探してくれてたの」

「ずっと……？」

「本当は私が動かなきゃいけなかったんだけど、お義母《かあ》さんの介護があるでしょう？　だから、私たちの代わりに窓口になってくれてね。慶吾くん、いままで本当にありがとうね。何から何までお世話になって、どうお礼をしたらいいか……」

「俺がしたくてしてたことですから、気にしないでください。こうして和音が戻ってきたので何よりです」

慶吾は慰めるように母の肩に手を置く。

和音が異世界を救うことに必死になっていた間、慶吾は和音のために人生を投げ出してくれていたなんて考えもしなかった。

子供の頃、飼っていた犬が脱走し、探し回ったことがある。

迷って帰れなくなって不安になっていないか、お腹を空かしていないか、事故に遭っていないか
――気が休まる間もなかった。

その夜に保護されて、元気な顔で帰ってきて、心底ほっとしたことを覚えている。

一晩だけでもあれだけ心配と不安で心が磨《す》り減ったのに、五年も行方不明の人間を探し続ける心理的負担はどれほどのものだろう。

それだけではない。金銭も人的労力もかかったはずだ。

「ごめん、俺は何てこと――」

「俺がそうしたかっただけだよ」

「ごめん、迷惑かけて……」

青くなって謝ると、慶吾は噴き出すようにして笑った。

「どうして和音が謝るんだ。もちろん心配はしたけど、迷惑だなんて思ってない。こうして元気な顔がまた見られただけで充分だよ」

「慶吾……」

彼の鷹揚《おうよう》さに胸が締めつけられる。どうして、こんなにも和音に優しいのだろう。彼の眼差しには万感の想いが込められているようだった。

「――和音」

「うん？」

「おかえり」

躊躇《ためら》いがちに目線を上げると、柔らかな眼差しとぶつかった。慈しむようなそれに、ぎゅっと胸を締めつけられる。

（大好き）

口にはできない言葉を心の中で抱きしめる。好きだと云えない代わりに、これからたくさんの感謝を伝えていこう。

和音はそう密かに誓った。

3

（き、緊張するな……）

母は病院の手続きがあるといって、病室を出ていった。つまり、いまは和音と慶吾の二人きりということだ。

どうしようもなく気まずい。あのときの母の微笑ましい眼差しも後ろめたさを刺激した。沈黙も落ち着かないが、何を話していいかわからない。その上、何故か慶吾は和音をじっと見つめてくる。

（人のこと、こんなふうに見るタイプだったっけ!?）

よく考えたら、慶吾と正面から一対一で向き合うことはあまりなかった。大体いつも美琴が一緒だったし、二人のときは横並びが多かった。

眼差しに耐えられなくなり、和音のほうから口火を切った。

「あっ、そうだ。ねえ、さっき刑事さんに伊住先生って呼ばれてたね。刑事さんも慶吾の小説読んだことあるのかな？」

わざとらしい切り口だっただろうか。でも、実際に気になっていたことでもある。

小説家は星の数ほどいる。大きな出版社から本が出ていても、本を読まないような人にまで周知されるにはかなり売れる必要がある。

彼が読書家だったとしても、それなりに注目していなければ〝先生〟などと呼ばないだろう。

「どうだろうな。俺の書いた本が映画とかドラマになったから知ってたんだろう。まあ、身辺を調べるのが刑事の仕事でもあるしな」

「映画とドラマ!? すごいね！ あの三冊のどれ？」

「いや、新しく書いたやつだ。映像化は縁があっただけのことだよ。周りの人たちが動いてくれたお陰でしかない」

「新しく!? 慶吾、また小説書き始めたんだ……！」

和音は小説家・伊住慶吾のファン一号を自認している。一時期、商業ベースで書くことに折り合いがつかず、筆を折っていた時期を知っているからこそ喜びも一入《ひとしお》だった。

慶吾の書く物語はどれもとても面白《おもしろ》かった。テーマにやや堅苦しいところもあり、あらすじだけでは手に取りにくいだろうと思えるところもあるけれど、読んでもらえればわかってくれるはずだと信じていた。

「ああ、いまはそれで生計を立ててる」

「仕事も忙しいんだろ？ 兼業でばりばりやってるなんてすごいね」

就職した会社では花形部署に配属されていた。慶吾ほど優秀なら、大きな仕事をたくさん任されていることだろう。

「会社は辞めた」

「ええっ!?」

不意に落とされた慶吾の爆弾発言に、和音は大きな声を上げてしまった。慶吾の入社した会社は国内有数の総合商社だ。それなのに五年そこそこで退職してしまうなんて。

「一体、何が――」

「色々と思うところがあってね」

「そ、そっか……」

言葉を濁すということは、あまり語りたくないこともあるのだろう。和音はそれ以上の追求をやめた。

「和音に話しておかなきゃならないことがいくつかあるんだ」

「え、何だろう？　あっ、アパートのこととか？　慶吾の家にってことは、やっぱり俺の部屋は解約されてるの？」

さっき和音の住んでいた部屋のことは何も云っていなかったが、選択肢になかったということは住める状態ではないということだ。

いつ戻ってくるかわからない人間の部屋を借り続けるのは不経済だし、不在の部屋があるのは治安にもよくない。淋しい気持ちはあるけれど、仕方がないだろう。

「実は和音のアパートは取り壊されてもうないんだ。あそこにはいま新しいマンションが建ってる」

「取り壊し……？」

衝撃の事実に、改めて五年という歳月を思い知る。解約はされているだろうと覚悟していたけれど、まさかもう存在すらしていないなんて。

「和音の荷物は俺が預かってるから心配しないでいい。地元に帰るより、東京《とうきょう》で暮らしてるほうが社会復帰もしやすいだろ？　仕事も探せばすぐに見つかる」

「ちょっと待って。仕事もってことは、やっぱりクビになってるってこと？」

　和音の質問に慶吾は表情を曇らせた。

「一年は籍を置いておいてくれたんだ。会社都合の退職にしてくれて、少ないけど退職金も出してくれた。けど、和音が帰ってきたら復職できるよう約束してくれたから、希望があればまた元に戻ることもできるはずだ」

「そうだったんだ……」

　入社してから一年ちょっとの新人社員に、ずいぶんな厚遇をしてくれていたのだと知る。

だけど、精々一年程度ならともかく、五年も経ったいま復職しても腫れ物に触るような扱いで働くことになるのは目に見えている。

　好きな本に関わる仕事がしたいと思い、志望した大型書店に滑り込むようにして入社した。ようやく仕事にも慣れてきたところだったというのに。

（つまり、俺には住まいも仕事もないのか）

　致し方のないこととは云え、なかなかの浦島太郎ぶりにショックが否めなかった。

「焦る必要はない。しばらくは体を休めて、いまの環境に慣れていけばいいじゃないか」

「でも、そんなに長くは世話になれないよ。ほら、美琴にも確認しないといけないんじゃない？」

　慶吾の気持ちは嬉しいが、彼の一存で決められることではないだろう。一泊や二泊ならともかく、長期滞在となると彼らの生活にも負担が大きい。

「美琴？　ああ、美琴とは離婚した」

「へえ、そうなんだ――って、離婚!?」

慶吾の口からは、さらに思いもかけない単語が飛び出してきた。ここにきて最大の爆弾投下だ。

彼らの結婚式は、和音にとってはほんの一年前のことだ。末永く幸せに、と願っていたはずなのに、この五年の間に何があったというのだろう。自分の身に起きたできごと以上に衝撃だった。

「離婚って美琴と何があったの？」

結婚式も披露宴もあんなに幸せそうだった。大勢に祝福されて、いつまでも幸せに暮らすだろうと思っていたのに。

「別に何もない。揉《も》めたわけじゃないし、いまでも連絡を取り合ってる」

「だったら、どうして離婚なんて……」

「それは――お互いに自分の気持ちに正直になることにしただけだ」

慶吾の言葉にしては、何となく歯切れが悪く聞こえた。離婚なんてプライベートの最たるものだ。あまり口にしたくないこともあるのだろう。

「ちゃんと連絡は取り合ってるし、東雲《しののめ》出版の担当編集者は美琴だしな」

「えっ、美琴、編集部に異動できたんだ？」

「ああ、念願叶ってな」

担当をしているということは、二人の関係は良好ということだろう。だとすると、余計に理由がわからない。

（美琴に訊いてみるしかないのかな）

プライバシーに関することを追及するものでないことはわかっているけれど、親友二人の動向はどうしても気になってしまう。

「そんなわけで、ウチに来るのに美琴の許可は必要ないんだ。部屋も余ってるし、気にせず来てくれ。和音の荷物を運び出すのも大変だろう？」

厚意は素直に受け取り、違う形で返すのがよさそうだ。

「……じゃあ、しばらくお世話になるね。けど、家賃とか食費とかは預金からちゃんと払うから。まさか銀行口座は消されたりしてないよね？」

ふと、不安になる。さすがにいくらかの預金は残っているはずだ。

「口座は無事だ。だけど、家賃も食費もいらないよ。和音はただいてくれたらそれでいいから」

「さすがにそういうわけにいかないだろ」

数日の滞在ならまだしも、自分の状況を考えたら月単位で世話にならざるを得ない。すぐに仕事が見つかればいいけれど、五年の空白期間のある人間を雇ってくれるところはなかなかなさそうだ。

「それなら、俺の仕事のサポートをしてくれないか？」

「慶吾のサポート？　食事の支度とか、掃除とか洗濯なら任せてよ」

向こうの世界でも家を用意してもらい、基本は一人暮らしをしていた。便利な道具も色々とあったけれど、自活のレベルは上がっているはずだ。

「そうじゃなくて、昔みたいに小説を書くときの相談に乗ってくれたり、資料を探すのを手伝ってくれると助かる。住み込みの仕事ってことでどうだろう?」

学生時代にもそうやって資料探しの手伝いをしていたけれど、素人の域を出ない。

(ああ、そうか。俺の気持ちを軽くするために、提案してくれてるんだ)

「俺にできることなら何でもするけど、そんなことでいいの?」

「もちろん。何よりもありがたいよ」

長らく行方不明でその原因もわかっていない状態の友人を一人にしたくないというのもあるのだろう。ここは素直に甘えておいたほうが、慶吾を安心させられそうだ。

「そ、それじゃあ、よろしくお願いします」

「交渉成立だな」

小さく頭を下げると、慶吾はほっとした様子で口元を綻ばせた。

4

医師が云っていたとおり、和音は翌日に退院できることになった。入院着から慶吾が持ってきてくれた自分の私服に着替えると、戻ってきたという実感が湧いてきた。

よく身に着けていたTシャツと綿のパンツも少し窮屈になっていたけれど、馴染みのある肌触りが懐かしかった。

「母さんを空港まで送ってくれてありがとね。足がないから助かった」

母はついさっき飛び立った飛行機で地元へ帰っていった。見送りのあと、軽く食べようと入ったカフェで改めて礼を云う。

今朝は慶吾がホテルまで母を迎えに行き、病院に連れてきてくれた上に空港まで乗せてくれた。車内ではこの五年の慶吾の献身と活躍ぶりを母から聞かせてもらい、さらに頭が下がる思いだった。

「何だよ、改まって。礼を云われるようなことは何もしてないよ。小母《おば》さんとも久々に会えて嬉しかったし。もっとゆっくりしていけたらよかったんだろうけど」

和音としても母ともっと過ごしたかったけれど、祖母の介護があり、猫も留守番させていて心配だからと帰っていった。

和音の父は早くに事故で亡くなったため、小学生の頃から和音と母と父方の祖母の三人暮らしだ。矍鑠《かくしゃく》としていた祖母だったけれど、和音が大学生の頃に倒れ、介護が必要になった。

介護といっても、祖母にもまだできることもあり、思考がしっかりしている間はと自宅で母が祖母の世話をしている。

「和音は小母さんと一緒に地元に帰りたかった？」

「うーん、どうだろ。母さんが云うようにウチのあたりじゃきっと見世物みたいになってただろうし。正直、慶吾が家に来いって云ってくれてありがたかった」

和音たちの地元は県の中心部から電車で小一時間ほどの場所にある。生まれたときから顔を知っている人たちばかりで、よく云えばアットホームなプライバシーゼロな距離感の土地だった。

慶吾の家はそこで代々病院をやっており、美琴は隣の市の名家の生まれだ。

「医者にかかるにしても、ウチの病院に行くしかないしな」

「慶吾は実家に帰ってる？」

慶吾の祖父は大先生、兄は若先生と呼ばれているような地元密着型の中規模の病院だ。

「全然。一度は勘当された身だからな。結婚で一時期出禁を解かれたけど、美琴と離婚してからまた風当たりが強くなったから」

慶吾は医学部に進まなかったことで、放蕩《ほうとう》息子扱いをされていた。美琴と結婚するに当たって家族と和解したと云っていたが、再び疎遠になっていたとは。

「でも、いまは作家として大成してるだろ」

「あの人たちにとって物書きなんて水商売でしかないんだよ。美琴と結婚するために和解を受け入れてやっただけだから、いまの状態のほうが気楽でいい」

「………」

医学部に行かないなら学費は出さないと云う親に見せつけるように、慶吾は大学の学費も生活費も、自著の印税と原稿料で賄っていた。

葬式以外で帰ることはないと嘯《うそぶ》いていたけれど、美琴のために煙たがっていた実家とも和解することを選んだ。つまり、彼女のことをそれだけ愛していたということだろう。

「でも、落ち着いたら一回お祖母ちゃんの顔を見に帰りたいな」

さっき、母とスマートフォンを介した対面通話の練習をしてから別れたけれど、果たして上手くできるだろうか。

「そのときは俺も一緒に行く」

「えっ、いいの？」

「俺たち客寄せパンダになるんだろうから、二人いたほうが注目が分散していいだろ」

「それもそうだね。パンダらしい振る舞いを考えておかなきゃ」

慶吾の軽口に笑う。こういう毒気混じりの会話も懐かしい。運ばれてきたサンドイッチとコーヒーを楽しんでいると、同世代と思《おぼ》しき女性がテーブルに近づいてきた。

「あの！　伊住慶吾先生ですよね？」

「ええ、そうですが……」

「私、慶吾先生の大ファンなんです！　先月の新刊、本当に感動しました！」

「ありがとう」

「え、慶吾のファン？　こんなふうにファンの人に声かけられるなんてすごいね！　あっ、そうだ、サイン書いてあげたら？　こんな機会なかなかないよ」

慣れた様子の慶吾よりも和音のほうが興奮してしまう。

「ああ、そうだな」

「いいんですか⁉」

「ええ、構いませんよ」

慶吾の鷹揚な返事に、オフホワイトのワンピースの裾がふわりと揺れる。彼女はショルダーバッグから文庫を取り出し、恭しく差し出した。

慶吾は胸元からボールペンを取り出し、文庫の扉にすらすらとサインをする。右肩上がりの癖字を懐かしく眺めた。

「ありがとうございます！　感激です」

「ほら、握手もしてあげなよ。いいよね、慶吾」

「えっ、でも、そこまでしていただくのは……」

「もちろん、構いませんよ」

「ありがとうございます！　この手であの物語を生み出していってるんですね。本当に感激です」

頬を上気させて一生懸命話している姿は微笑ましく、そして、羨ましかった。

（あっ、もしかして、俺が邪魔かな？）

トイレにでも行くふりをして席を外せば、もっと思いの丈を話せるのではないだろうか。そう考えていた矢先、慶吾から発せられた言葉に驚いた。

「すみません、今日は彼とゆっくり過ごしたいのでそろそろ二人にしてもらってもいいですか？」

「あっ、ごめんなさい！　お邪魔でしたよね！」

「いえ、感想聞かせてもらえて嬉しかったです」

「あの、もしかして、こちらがその……？」

「俺？」

急に二人の視線を向けられ、戸惑った。

「ええ、彼が僕の大事な人です」

「……っ」

慶吾の突然のストレートな言葉に、飲みかけていた水を吹きそうになった。

（いきなり何!?）

訳もわからず噎《む》せながら目を瞬いている和音をよそに、彼女は何故かきゃあと色めき立っている。心臓は早鐘を打ち、顔も逆上《のぼ》せたように熱くなっている。一体、いまの慶吾の言葉をどう捉えたらいいのか。

さっきまでの仄《ほの》暗い気持ちは吹き飛んでいたけれど、その代わりに混乱している。ついさっきまで彼女に嫉妬して黒い感情を渦巻かせていたのに、いまはそれどころではない。

（どうも何も、親友だってことだろ）

パニックになった頭でどうにか冷静な答えを導き出す。

慶吾は基本的に友人が多いほうではない。

誰とも分け隔てなく接するけれど、文化祭の打ち上げや合コンに誘われても馴れ合うのは好きではないと云って参加することは一度としてなかった。

そんな彼が和音のことは『親友』として、ずっと傍にいさせてくれた。つまり、友情を大事にしているだけだ。分不相応に思い上がりそうになる自分にそう云い聞かせる。

「昨日の報告も拝見しました。影ながら応援させていただいてるだけですけど、先生の言葉に泣いちゃいました」

「ありがとうございます。皆さんのお陰で、いままで活動を続けてくることができました」

「本当にお疲れさまでした。お二人でゆっくり過ごしてくださいね！」

彼女は和音にも感無量な表情を向けたあと、自分の席へと戻っていった。

「……和音は相変わらずだな」

慶吾は小さく笑いながら、そう呟《つぶや》いた。

「え、そ、そう？」

「自分よりも人を優先する癖、全然変わってない。順番もすぐ譲るし、困ってる人がいると自分を犠牲にして助けるだろ？」

「別に犠牲にしてるわけじゃ……。俺がいまの子みたいに憧れの作家に偶然会えたら嬉しいし、話しかけるのもめちゃくちゃ緊張すると思って……」

そんなふうに思ったことは一度もない。ただ、誰かの役に立ちたいという気持ちと自分が前に出ることが苦手なせいでそんなふうに見えるのかもしれない。

「本当に優しいな。和音のそういうところが好きだし、尊敬してる。けど、たまには俺のことも優先してくれるとありがたい」

「いつだって慶吾が最優先に決まってるだろ！」

「そうなのか？」

「あっ、いや、それはその……気持ち悪くてごめん」

反射的に口にした自分の発言に戸惑う。うっかり本音を零《こぼ》してしまったが、さすがに引かれたかもしれない。

「どうして？　俺のことを誰よりも考えてくれてるってことだろ？　嬉しいに決まってる」

「へ？」

思っていたのとは違う反応が返ってきて、変な声が出てしまった。

「云っただろ？　俺は和音が一番大事だって」

「……っ、い、一番とは云ってなかったよ」

気障《きざ》に思える言葉も慶吾が口にすると様になるからすごい。自分に芯があり、自信を持っているからこそどんなときも堂々としていられるのだろう。

「そうだったか？」

「そうだよ」

「そうか。やっぱり、思ってることは言葉にしないと伝わらないな。これからはもっとちゃんと口にしよう」

これ以上、何か云うべきことがあるのだろうか。真っ直《ま》ぐ《す》に目を見つめて告げられたせいで、無闇にドギマギしてしまう。

「ここじゃ落ち着かないから、そろそろ行くか」

ファンに話しかけられたことで、他の客からもチラチラと視線を送られている。

「う、うん」

レジへ向かうべく席を立った慶吾を慌ただしく追いかけた。

5

慶吾の愛車は国産の電気自動車で、静かに滑り出す様子は向こうの世界で乗っていた魔導艘《そう》の乗り心地に似ていた。

ハンドルを握る慶吾はさっきと打って変わって無口だ。

「いつ車買ったの？」

「これは四年前かな？　あちこち行くのに毎回レンタカーを借りるのは不便だったから。和音を助手席に乗せる日が来るなんて感無量だよ」

「いつもは美琴が座ってたんだろ？」

深く考えずに何気なく口にした質問に、勝手に一人で落ち込んでしまう。答えのわかっていることをわざわざ訊くなんて馬鹿《ばか》みたいだ。

「あいつは自分で運転したい質《たち》だから、俺の車には乗らないな。乗せてもらうことはあるけど」

「え、美琴も免許取ったんだ？」

意外ではあったが、想像はつく。誰にも指図されずに自分の行きたいほうに進む。美琴はそういうタイプだ。

「美琴も和音に会いたいと云ってた。いまにも押しかけてきそうな勢いだったから、食事会をしようと云っておいた。構わないか？」

「もちろん！　俺も美琴に会いたい」

彼女にもずいぶん心配をかけたに違いない。元気な顔を見たいし、詫びをしなければ。

車は首都高を降り、国道を進む。飲食店が立ち並ぶ道を曲がると、閑静な住宅街へと入った。慶吾がウインカーを出して、私道に入った瞬間、強い光が浴びせられた。

「え？　いまの何？」

目の端に映ったのは、和音よりも少し年上に見える細身の男性だった。リュックを背負い、一眼レフと思しきカメラを抱えていたということは、いまの光はフラッシュだったのだろう。

「気にしなくていい。うちのマンションは著名人が多いからか、ああやっていつも誰かしら張り込んでるんだ」

「いつもってどういうこと？」

「ゴシップ記事を書くのが仕事の記者……というよりパパラッチというほうが正しいかな。定期的に追い払ってはいるんだが、入れ替わり立ち替わりでイタチごっこだよ」

「撮りたい何かがあるんじゃなくて、何かネタがないかと思って待ってるってことか」

芸能人の熱愛報道の映像はどうやって撮っているのだろうかと思っていたけれど、偏《ひとえ》に忍耐力の賜《たま》物《もの》だということか。

情報を追って右往左往するよりも、住まいを見張っていたほうが効率がいいということだろう。

「恐らくな。最近は週刊誌に売り込むだけじゃなくて、自分で動画配信する目的のやつらもいるから、和音も外に出るときは気をつけるんだぞ」

「俺は有名でも何でもないし大丈夫だよ。あ、でも、住人のことを聞き出そうとしてくるかもしれないもんね」

「とにかく話しかけられても、何も答えずにやり過ごしてくれ」

「わかった、気をつける」

少し進むとゲートシステムが和音たちを出迎えた。ゲートの脇に機械のようなものがあり、慶吾はそこに顔を向ける。

和音が不在の間に顔認証システムもだいぶ普及したらしい。

慶吾の家は、広々とした庭のある緑に囲まれた五階建ての低層マンションだった。都心にこんなゆったりとした土地があったのかと驚きを隠せない。

敷地に入る大きな門扉のところにも警備員が立ち、エントランス前はホテルのようにロータリーがぐるりと回っていた。

そこに停車すると制服を着たスタッフが駆け寄り、慶吾から鍵を預かって車をどこかへ移動させた。中に足を踏み入れると、コンシェルジュのような人が出迎えてくれた。

「おかえりなさいませ、伊仕さま」

「森永《もりなが》さん、ただいま。彼はこれから俺の家で暮らすことになったからよろしく。あとで住人登録を追加しておけばいいかな」

「あっ、芦谷和音といいます。よろしくお願いします」

慶吾に紹介され、慌てて頭を下げる。

「こちらこそよろしくお願い致します。どんなことでもお申しつけください」

恭しく頭を下げ返され、恐縮する。向こうの世界でも、和音が勇者だとわかるとこうやって下にも置かれぬ対応をされたものだが、現代の日本だと思うと違和感がすごい。

「立派なマンションだね……」

案内されたエレベーターの扉が閉まって慶吾と二人きりになったところで、和音はようやく息を吐いた。

「去年の秋に引っ越してきたんだ。資料が増えすぎて手狭になったのもあるけど、セキュリティ・レベルは高いほうが安心だろ？　ここなら敷地に部外者は入れないしね。どうぞ、入って」

「お、お邪魔します」

「たまにハウスクリーニングには来てもらってるけど、埃《ほこり》っぽいところは目を瞑《つぶ》ってくれ」

「全然綺麗すぎてホテルみたいだよ。ずいぶん広いみたいだけど、何部屋あるの？」

案内された慶吾の家は想像以上の広さだった。ドラマのセットで見るような内装で、生活感がまったくない。

「４ＬＤＫだが、一人で住むには広すぎたな。だけど、和音が来てくれたから淋しくなくなる」

「……っ」

嬉しそうな笑顔を向けられ、胸を撃ち抜かれる。

(不意打ちはやめて欲しい)

急激に上がった心拍数をどうにか落ち着かせ、先を行く慶吾の背中についていく。

「部屋を案内するな。ここが俺の仕事場兼書庫。蔵書はここに全部あるから、何か読みたいときはてきとうに持っていって。和音の好きな作家は大体揃《そろ》ってるはずだから」

「本当に!?」

慶吾の言葉に和音は目を輝かせる。

五年も経っているということは、どの作家も新作を何冊も出しているはずだ。異世界にいる間、活字にだけは飢えざるを得なかった。

召喚術は基本的に対象者に協力を求めるものだ。つまり意志の疎通が必要となる。そのため、魔力によって彼らの言語が理解できる状態になっていた。

しかし、会話は自然とできても文字を読むことはできなかった。

子供向けの教科書を用意してもらい、コツコツと勉強して簡単な文章は読めるようになったけれど、流行《はや》りの娯楽小説を楽しんで読めるようになるには至らなかった。

「ここがトイレで隣がランドリールーム。さらに隣がバスルーム。タオルはその棚のを好きに使ってくれ」

洗面台に置かれた歯ブラシや愛用のメーカーの歯磨き粉がようやく生活感を思い出させてくれた。

慶吾がここで暮らしているという実感が湧いてくる。

(そうか、ここで慶吾と二人きりで暮らすのか)

期間限定とは云え、そう考えたら急に緊張してきた。

長いつき合いでお互いの家に泊まったことや、二人で旅行に行ったこともある。だけど、〝生活〟

するのだと思うと、心構えが別だ。

「ここが和音の部屋。好きに使ってくれていいから」

「⁉」

「和音のアパートが取り壊されるときに、小母さんに許可をもらって荷物を引き取ってきたんだ」

慶吾が開けてくれたドアから中に入ると、懐かしい荷物の数々が並んでいた。というより、一人暮らしのときとほとんど同じ配置になっている。

まるで、和音の部屋をそのまま持ってきたみたいだった。冷蔵庫がなく、クローゼットの位置が違うくらいの差異しかない。幾分、以前の部屋よりも広いだろうか。

大学進学時に買ったベッドには全体を覆う埃よけのカバーがかけてある。段ボールのまま置かれているのは衣類のようだ。

本棚の書籍は以前と同じ順番に並んでいるし、机の上のペン立てやノートPCの位置も当時のままだった。

「やっぱり引くよな。自分でもストーカーめいてる気がする」

「そ、そんなことないよ。びっくりはしたけど……」

彼に神経質なところがあり、整理整頓にこだわりがあることを知らなければもっと衝撃を受けていたかもしれない。

和音の残した痕跡を何一つ取り零さないようにと思ってのことだったかもしれない。定期的に掃除をしているのか、どこにも埃が積もっていない。

「この部屋にいると、和音の存在を感じられたんだ。きっと生きてる。どこかで元気にしてるって」

慶吾はそう云いながら、そっと和音の机を撫《な》でる。その表情に、思わず息を呑《の》んだ。この部屋でどれほどの時間を過ごしたのだろう。

「慶吾——」

きっと心が折れそうな瞬間もあったはずだ。そんな中、自分のことを忘れないように努めてくれていたのだろう。

これが逆の立場だったらどうしていただろう。混乱し落ち込むばかりで、慶吾のように理性的な行動は取れなかったかもしれない。

「それと、ごめん。和音に謝っておかないといけないことがあるんだ」

「俺に？」

「捜索の手がかりがないかと思って、勝手に持ち物を見させてもらった」

「えっ⁉」

「やっぱり、まずかったよな。本当にごめん」

「そ、そんなの全然いいよ！　緊急事態だったわけだし」

一瞬ひやりとしたけれど、慶吾との思い出の品もぶつける場所のない気持ちを書き散らかしたノートも、失恋が決定的になったときにまとめて処分したことを思い出し、ほっと胸を撫で下ろす。

（身辺整理をしておいてよかった……）

自分でも読み返せないようなポエムめいた文章を書き綴《つづ》っていたあのノートを見られていたら、穴を掘って埋まるしかなかっただろう。

意図的な失踪ではなかったけれど、元々引っ越しのための断捨離をしていたから、慶吾から見たら不自然にものが少なかったかもしれない。

もしかしたら、それが警察に自作自演を疑われる要素になった可能性はある。

「そういえば、和音の部屋にはアルバムとか全然ないんだな。けっこう一緒に写真撮ってたのに」

何気ない指摘に、また冷や汗が流れた。

「ほ、ほら、データだからなかなかプリントする機会がなくて」

本当は全て燃えるゴミに出した。どの写真にも慶吾と美琴が写っている。それらの存在が失恋を思い知らせてくるため、衝動的に処分してしまったのだ。

いま思えば、そこまでしなくてもよかったと後悔しているが、あのときは自覚していた以上に自暴自棄になっていたのかもしれない。

「でも、和音がプリントしたやつを俺にくれたりしてただろ？　それをまとめてたら、かなりな冊数になってるぞ」

云い訳が苦しかったようで、すぐに論破された。混乱した頭で必死に云い訳を考えた。

「あ、ああ！　そういえば、そのへんのは就職するときに実家に送っちゃったんだ。ほら、部屋も手狭になってきたし」

「……そうだったのか」

「滅多に見ることもなくなったからさ。アルバムかあ、懐かしいなあ。あとで慶吾のやつ見せてよ」

完全な棒読みで、余計に怪しまれたかもしれない。嘘を吐くことは苦手だ。頬《ほお》が引き攣《つ》り、目が泳いでしまうのを部屋の中を眺めるふりでごまかした。

「そうだな。記憶を刺激すれば、何か思い出すこともあるかもしれないしな」

「だ、だよね」

実際は忘れているわけではないため、罪悪感が和音をチクチクと突いてくる。

「そうだ、これ。バタバタして忘れてたけど、渡しておくな。いまでも使えるけど、バッテリーの持ちが悪くなってるから近いうちに機種変に行こう」

「え、僕のスマホ？」

スマートフォンを手にすると、懐かしい感触がする。

向こうでは魔法が発展していたため、電化製品は存在しなかった。電気ではなく魔力で動く道具で暮らしていた。動力の違い以外は、それほどの相違はなかったように思う。

「これに和音から連絡が来るかもしれないから、警察から返却されたときに小母さんから預かったんだ。悪いとは思ったけど、中も勝手に見させてもらった」

「別にいいよ。でも、料金とかどうしたの？」

「俺が払ってた」

「五年も!?」

「和音から連絡が入るかもしれないって思ったから。俺の番号は覚えてなくても、自分のなら覚えてるかもしれないし、メールも生かしておいたほうがいいだろうって」

「慶吾の番号だって覚えてるけど——そんなことより、ちゃんと返すからいくらかかったか教えて」

「気にしなくていい」

「そういうわけにはいかないだろ」

「じゃあ、出世払いでどうだ？」

「……慶吾がそれでいいなら……」

和音が就職するまで待ってくれるということだろう。何から何までおんぶに抱っこという調子で恐縮してしまう。

「掛け布団はあとで持ってくるな。隣が俺の寝室でもう一つは空き部屋だ。いまコーヒーを淹《い》れてくるから、あとは好きに見て回ってくれ」

歯切れの悪さのほうが気になったけれど、慶吾は気まずそうに行ってしまった。

「わかった。遠慮なく探検させてもらうね」

キッチンへと向かった慶吾を見送ってから、自分の荷物を改めて確認する。引っ越し準備のために蔵書も思い切って処分したため、残っているのは厳選した二十冊程度だ。

電子書籍になっているものはほとんど手放し、元々少なかった服も半分ほどに減らした。手がかりを探して調べ回ったのだとしたら、和音の転勤の話も耳にしただろう。

（相談もなしに決めたこと、慶吾はどう思ったんだろう）

いま思えば、短絡的な行動だった。失恋したからといって、黙って姿を消そうなんて悲劇のヒロイン気分に浸っていたとしか思えない。

異世界に召喚されなかったとしても、和音の行動は慶吾たちに心配をかけるものだったといまさらながらに反省する。

（いつか全てを話せる日が来るんだろうか）

三人で過ごした時間はかけがえのないものだったこと、その日々の中で慶吾を好きになってしまったこと、叶うわけもない恋が破れたことに自分でも驚くほどショックを受けたこと――。

自分の気持ちを赤裸々に話すことを考えたら、異世界に召喚されて人々を呪う悪神を封印してきたことなど大したことではないように思える。

いまは考えるのはよそう。

せっかく、元の世界に戻ってきたのだ。

昔のように慶吾の『親友』として生きていけるチャンスを得たのだ。それをふいにするような真似《まね》は慎むべきだ。

（――それにしても、これからどう生きていこう）

しばらくは慶吾に世話になるにしても、いつまでもこの家で暮らせるわけではない。

漠然とどうにかなるだろうと思って戻ってきたけれど、五年も経っているとブランクが大きく就職はそう簡単ではなさそうだ。

召喚される前は全国にチェーン展開をしている書店に勤めていた。二十三区内の店舗に配属されていたけれど、異動願いが通り、何の縁もない東北《とうほく》の支店に転勤が決まっていた。

きっと、いまは違う社員が配置されているだろうし、いまさら戻ることなどできないだろう。

五年のブランクがある状態で、一から就職活動をするしかない。自分のような平凡で得手のない人間は、新卒カードが使えないのは正直痛い。

「まあでも、肉体労働でもいいか」

以前では思いもしなかったことだけれど、いまなら肉体労働もいけそうだ。通常では想像できない重さのものも持ち上げられるようになっているし、持久力にも自信がある。

子供の頃から虚弱体質だった和音が強靭《きょうじん》な体になったのは、自分の中に存在する魔力の使い方を覚えたからだ。

体内で上手く流れていなかったそれを循環させられるようになり、〝代謝〟が上がり肉体の正しい使い方を覚えた。

（こんなに強くなるとは思わなかったけど……）

ちょっとした切り傷はすぐに消えるし、打撃にも強くなった。向こうで得た能力がそのままだということは、もしかして〝魔法〟も使えるのではないだろうか。

こちらの世界にも、あちこちに魔力が存在しているのを感じる。皆、それを利用することができないだけだ。

星の導きにより、和音は〝勇者〟として見出《みいだ》された。そもそも適性があったからこそ白羽の矢が立ったのだろう。

初めて魔法が使えたときの感動はいまでも覚えている。何の取り柄もない自分にも、特技と呼べるものがあるのだという事実が嬉しかった。

和音はベッドから起き上がり、部屋のドアとカーテンを閉めて明かりを消す。最初に教えてもらった魔法を試してみる。

「〝光れ〟」

和音が命じると、手の平から発生した丸い光体が空中に浮かぶ。向こうにいたときほどではないけれど、普通に使えるようだ。

大きさとほんの少し色味が違うのは、星によって空気の成分の割合に差異があるように、魔力の含有量も同じではないのだろう。

〝魔法〟が使える事実に嬉しい気持ちが湧きつつも、不安要素であることには変わりない。

「バレたらやばいよな」

もしも、この力が公になったら——そう考えると空恐ろしいものがある。

このことを誰にも気づかれないようにしなければ、どんな目で見られるか、いや、どんな目に遭うかもわからない。

結局はこちらの世界でも『異端者』になってしまったのだと自覚する。

「…………」

以前の和音は平凡を絵に描いたような人間だった。それなのに、いまは目立たないようにすることを考えている。

その事実がすこし可笑《おか》しかった。

「そうだ、スマホ」

せっかく慶吾が使えるようにしてくれていたのだから、着信などを確認してみることにした。和音は慶吾の誕生日を入力してスマホのロックを解き、操作してみる。

「うわ、すごい」

メールアプリを開くと、たくさんのメッセージが来ていた。

その多くはスマホを残して失踪したと知らない地元の知人や同級生からだったが、よくよく見てみると、和音が失踪してから半年ほどの間に送られてきたもののようだ。

そのほとんどに四、五年前のタイムスタンプがついていた。段々とメールの日付の間隔が開いていっているところを見ると、彼らの記憶の中から和音は徐々に忘れられていったことがわかる。

(普通はそうだよな)

彼らにも彼らの生活がある。行方のわからなくなった同級生のことなど、いつまでも気にかけてはいられない。

どのメールにも既読がついているところを見ると、慶吾がチェックをしていたのだろう。着信のたびに、和音からの連絡ではないかと期待をしては落胆していたのかもしれない。

「ん?」

見直してみて、一番上のメールはつい最近のものだと気がついた。日付は大体二ヶ月前。

差出人は根元《ねもと》という大学の頃の同級生だった。メールの内容は『ちょっと相談があるんだけど会えないかな?』という深刻さの欠片《かけら》もないメッセージだ。

「何で、根元から? ていうか、相談って何だ?」

彼は中退してから消息が知れなかったため、和音が行方不明だということを知らなかったのかもしれない。代返をさせてパチンコに行ったり、借りた金を返さなかったりした男なので、どうせろくな相談ではないだろう。

疎遠になった知り合いからの連絡は借金か宗教やマルチ商法の勧誘と相場が決まっている。返信はしないほうがいいだろう。

次に当時ダウンロードしたばかりで使いこなせていなかったメッセージアプリを開く。友達登録していたのは、慶吾と美琴だけだった。

美琴に「便利だから」と云われてアプリを入れたけれど、友達の少ない自分には必要性を感じなかった。何気なく慶吾のトーク画面を開いて、和音は息を吞む。

「――――」

返事がないとわかってるはずなのに、慶吾の言葉が並んでいた。スクロールしてどんどん遡っても、なかなか終わりに辿《たど》り着かない。

『どこにいるんだ？　連絡をくれ』

『君はいまどこにいるんだろう？　どうか元気でいて欲しい』

『君の夢を見て、久しぶりに君の声を聞いた』

『君が傍にいるのが当たり前だと思ってた。いまは淋しくて堪らない』

独白のようなメッセージを読み進めていくうちに、和音のほうが照れてしまう。こんなメッセージをリアルタイムで受け取っていたら、どんな手段を使っても慶吾の元に駆けつけただろう。

あり得ないとわかっているのに、期待に胸が弾みそうになる自分を制止した。

慶吾は親友として、寄り添ってくれているだけだ。離婚したからといって、自分の気持ちを受け入れてもらえるわけがない。

「あれ？　スマホの中を見たってことは……」

ロックナンバーが慶吾の誕生日だということがバレたということだ。

「〜〜〜っ」

いまさらながらに、恥ずかしさでのたうち回りたくなる。

普通、友人の誕生日を暗証番号に使ったりはしない。自分のではバレやすいけれど数字を覚えておくのが苦手だから、などと云い訳をして信じてもらえるだろうか？

いや、むしろ余計なことを云って蒸し返すほうが墓穴を掘ることになるかもしれない。慶吾には隠しごとはできても嘘は見抜かれてしまう。

下手なことをして自分の想いが伝わってしまったら気まずくなってしまう。そんなことになったら、友人として顔を合わせることすらできなくなる。

結局、学生時代と同じで進歩がないのはわかっているけれど、慶吾との関係は現状維持が一番なのだ。


——想いを伝えたらどうですか？

ふと、キルスの言葉が脳裏に浮かぶ。和音はベッドに体を投げ出し、天井を見つめながら大きく息を吐いた。

「そんなことできるわけないよ……」

ぼそりとここにはいない友人に反論する。

慶吾は和音を大事に思ってくれている。それは間違いない。だけど、それは親友としてだ。

昔から、慶吾は恋愛に重きを置いていなかった気がする。誰に告白されても塩対応だったし、友情こそが最上の関係だとも云っていた。

だからこそ、ドライな美琴と馬が合い、〝友情〟以上のものを感じたのかもしれない。

友達として、こんなにも想ってもらえている。それがわかっただけで、過分なくらい幸せだ。

この恋が叶う可能性が欠片もないことは重々承知している。ただ、気持ちを知って欲しいという願望を抱いてしまうことがある。

だけど、それが叶った瞬間にいまの関係は壊れてしまうだろう。身の丈に合わない欲は持っているべきではない。

そうわかっているはずなのに、胸が苦しい。

「世の中ってままならないな」

彼の優しさは、まるで体の内側からじわじわと蝕《むしば》んでくる甘い毒のようだ。

ため息を吐き、再び天井を仰ぎ見た。

6

明日を憂いていても仕方がないと気を取り直し、家の中を見て回ることにした。自分に与えられた部屋を出て、まずは隣の部屋をこっそりと覗《のぞ》く。

慶吾の寝室は微《かす》かに彼の匂いがした。大学の頃から愛用しているオーデコロンだ。この香りを嗅ぐと執筆に集中できるのだそうだ。

さすがに室内に足を踏み入れるのは気が引けたため、リビングに向かった。好きな人の家を見て回るのはドキドキする。

ほとんどものがないリビングに大きなテレビと立派なソファセットだけがあった。モデルルームでももっと家財があるだろう。無駄なものは一切置かない、慶吾らしい部屋だった。

そんなシンプルな室内の中で、ローテーブルの上だけが雑然としていて、雑誌やチラシが山のように積み上がっていた。

見本として送られてきたと思しき雑誌の表紙を目にした和音は、思わず二度見をしてしまった。

「ちょ、何これ」

ブランドものと思われる衣装を身に着けた慶吾が、嫌いなはずのカメラ目線をして、カッコよくキメている。

（な、何があったんだ？）

この五年の間に、一体どんな心境の変化があったというのか。

表紙には〈伊住慶吾大特集〉と特大フォントで書かれている。いま押しも押されもせぬ人気作家だとは木村から聞いていたけれど、一冊丸々使っての特集を組まれるほどの売れっ子作家だとは驚きだ。

（慶吾の小説の面白さなら納得ではあるけど……）

こんな写真を撮られる心境に彼がなったということが信じられない。

彼は高校生のときに出版社の主催する新人賞で大賞を取り、一躍時の人となった。高校三年という若さと端正な容姿が話題を呼んだのだ。

しかし、学生ということを理由に、数多《あまた》の取材は当該の雑誌のもの以外はシャットアウトした。

その後も小説は書いていたけれど、商業ベースの作品作りに興味が湧かない様子で、三冊目以降、出版には至らなかった。

元々、執筆で身を立てる気はなかったらしく、大学では勉学に励み、卒業後は大手商社に入社した。和音が不在の間に何があったのだろうか。

好奇心に押され、雑誌を手に取りページを捲《めく》る。巻頭は慶吾のグラビアとインタビューがカラーで掲載されていた。

「やばい、カッコいい……」

和音はごくりと生唾を飲み込む。いままで見たことのない慶吾の魅力が、これでもかと引き出されていた。

基本的には笑っている写真はなく、何かを睨《にら》みつけるような眼光鋭い表情か、どこか遠くを見つめるような眼差しのものばかりだった。

ソファに腰を下ろし、震える指でページを捲っていく。記事の最初に、慶吾の経歴が簡単にまとめられていた。その内容によれば、ヒット作を出したのは四年前。

ジャンルは元々得意だった本格ミステリだが、切々と綴られた主人公の切ない恋心が共感を呼び、コミカライズ、アニメ化、映画化とあらゆる媒体でメディアミックスされたらしい。

そのとき再び、慶吾自身も脚光を浴びたようだ。

以前とは違って、サイン会や講演会を積極的に引き受け、テレビ番組のコメンテーターなどもやっていると書かれており、俄《にわか》には信じられなかった。

インタビューの前半は、新刊について語られていた。あとで読ませてもらおうと思いながら記事を読み進めていた和音は、インタビュアーの質問内容にドキリとした。


――作家活動の一方、行方不明の親友の捜索活動を続けてらっしゃいますよね？

はい、僕の友人――芦谷和音というんですが、五年前の六月から行方がわかっていません。黙って姿を消すようなやつではないですし、失踪時の状況にも不審な点が多かったので、私は事件性を疑っています。

もうそろそろ五年経ちますが、どこかで無事でいてくれると信じてます。どんな些細《ささい》な情報でも構いませんので、彼に似た人を見たとか、何か噂話を聞いたことがあるという方はご連絡ください。

――どんな状況だったのか聞かせてもらってもいいですか？

最初におかしいと思ったのは、私の結婚式の翌日でした。式に来てくれた礼をしようと思って電話をかけたところ、まったく繋がらなくて。疲れて寝ているのかと思いもしたんですが、嫌な予感がしたので彼の家を訪ねたんです。

預かっていた合鍵で部屋に入ると、帰宅した気配もなかったので、近隣を探し回りました。そうしたら、近くの公園に彼の持ち物が落ちてたんです。只事《ただごと》ではないと判断し、警察に通報しました。

――その日から、ずっと捜索活動をしているんですね。

そうです。警察は大人の失踪にはあまり手を割いてはくれないので、自分でできることをしようと思ったんです。お恥ずかしい話、全国に行方不明者があんなにたくさんいるなんて、活動を始めるまで知りもしませんでした。

――普段は全国を飛び回ってるとか。

和音を見かけたという情報をいただければどこにでも行きます。どんなところに手がかりがあるかわかりませんから。中にはいい加減な情報もありますが、直《じか》に足を運んで違ったとわかれば、また一歩彼へ近づくということですから。

——仕事の合間に大変ですね。

そんなことはありません。原稿はどこでも書けますし、移動の間が一番捗《はかど》るんですよ。作家業は締め切りはあっても、時間に融通が利きますしね。

実はこうしてインタビューを受けるのも彼を見つける手がかりを探すためなんです。僕を知ってくれる人が多ければ多いほど、情報も集まりやすくなりますから。元々の僕はあまり人前に出ることが得意ではないので。

——そうだったんですか。講演でされているお話はいつも面白くて聴き入ってしまうので意外です。

慣れてきたお陰かな。最初は酷《ひど》いものでしたよ。小説は作品だけで語り、あとは読者に委ねるべきだと思ってるんです。だから、担当の編集者に言われて、はっとしました。あなただって好きな先生の言葉は聞きたいだろうって。どんなふうに思いついて、どんな環境で書いたのかファンなら知りたい。私でも語れることはあるなって気づいたんです。

——だから、作品解説はあまりせずに裏話を教えてくださることが多いんですね。

私の小説を書く原動力は親友の言葉だったんです。彼は一番最初の読者で、的確なアドバイザーでした。私はいまでも彼に向けて作品を綴っているんです。


「――――」

和音は呼吸をするのも忘れてインタビューを読んだ。

行方不明になって数年経てば、当事者以外の記憶からは薄れていってしまう。慶吾が和音の事件を風化させないよう努めていたことが伝わってくる。

こんなにも、自分のことを想っていてくれたなんて。堪らない気持ちになり、涙が込み上げてくる。

慶吾のファンが和音のことを知っていたのは、こういったインタビューを読んでいたからだろう。

ふと、テーブル上に紙の束のようなものがあることに気がついた。新刊の販促物か何かだろうと何気なく手に取った和音は、その内容に息を呑んだ。

「これは……」

ローテーブルに積まれたチラシは、行方不明になった和音の情報を求めるものだった。

『親友を探しています』と書かれたそれには、和音の簡単なプロフィールと失踪した日が書かれ、その日の服装がイラストで添えられている。

使われている写真は慶吾と和音が並んでいるものだった。これを撮ったのは美琴だ。

大学の卒業式の日、写真はいいと渋る慶吾を押しきり、正門の前で強引に撮られた。慶吾はカメラを向けられるのが好きではなく、カメラ目線のものが少なかったことを思い出す。

ここにあるチラシだけで五百枚くらいはある。一体、どれほどの枚数を配ったのだろう。

心配をしてくれているだろうとは思っていたけれど、慶吾は想像以上に地道な捜索活動をしてくれていた。

それこそ、人生をかけて。

込み上げてきた感情に胸が詰まる。身に余る厚意を噛《か》み締めていた和音は、ふと思い至った。

（……もしかして、これが原因なのかも）

慶吾と美琴――相棒と云っても過言ではない二人が別れたのは、慶吾が和音の捜索に没入しすぎたことで、夫婦生活に亀裂が入ったのかもしれない。

申し訳なさを感じると共に、いまは誰のものでもないのだという事実にどうしても嬉しくなってしまう。そんな自分に罪悪感を覚えた。

「何か面白いことでも書いてあったか？」

顔を上げると、カップを乗せたトレーを手にした慶吾が立っていた。

「……っ、ごめん、勝手に読んで――」

まるでこっそり日記を読んでしまったかのような気まずさを覚え、反射的に謝った。

「構わないけど、和音に読まれるのは気恥ずかしいな」

慶吾は照れ笑いを浮かべながら、テーブルにコーヒーを置き、ソファに腰を下ろした。

「和音の好みは薄めのブラックだったよな？」

「う、うん、ありがとう。慶吾の淹れてくれるコーヒー懐かしいな」

大学生の頃、ふらりと立ち寄った喫茶店で飲んだコーヒーで、その美味しさにハマり、道具と豆を買い揃えて家でもドリップで淹れるようになった。

豆の挽《ひ》き方やお湯の温度にこだわっていたことを思い出す。和音はよく練習台になって試飲係をしていたけれど、どれを飲んでも美味しいと云うため参考にならないとぼやかれていた。

「……この五年、すごく大変だったよね」

「そうだな。大変じゃなかったとは云わない。だけど、何もしないでいるほうが辛かったから、自分で動くことにしたんだ。和音のことを考えているときは、何となく存在を感じられるような気がした。まあ、それが可能な仕事で食っていけたのは幸いだった」

「俺のために……ごめん……」

「謝る必要なんてない。全部自分のためにしてたことだし、絶対に和音のことを諦めたくなかっただけだから」

「……！」

あのインタビューの内容といい、いまの言葉といい、まるで熱烈な愛の告白のようだ。スマホに残っていたメッセージもそうだ。

慶吾の言葉を聞いていたら、勘違いしてしまいそうになる。高鳴りかける鼓動をごまかそうと、軽口で混ぜっ返す。

「で、でもさ！　慶吾、本当に売れっ子の先生なんだね。表紙なんてすごくない？」

「いま、美琴が俺の担当をしてくれてるんだけど、あいつがやり手なんだ」

「美琴も、ずっと編集者になるのが夢だったもんね」

「ああ。編集部に異動になってから、水を得た魚みたいに働いてる」

編集者になりたいという夢を叶えるため、美琴は出版社に入社した。最初に配属されたのは営業部だったはずだ。熱心に異動願いを出していたけれど、希望が通ったのだろう。

（本当にわだかまりはなさそうだな……）

一緒に暮らしていないほうが、いい関係を築ける場合もある。慶吾と美琴は、そのタイプだったのだろう。

「俺のことをよくわかってるだけあって飴《あめ》と鞭《むち》の使い分けが上手いよ。俺の書く話は面白くても華がない、だから読まれるチャンスを逃してるって美琴からずっと云われてただろ？」

「そういえば、云ってたね」

美琴は派手な設定のどんでん返しのあるような作品が好きで、緻密にトリックを重ねていく慶吾の作風は物足りないといつも云っていた。

昔のやり取りを思い出す。

作品を投稿することを勧めたのは和音だ。あんなに面白い話を自分たちだけしか読まないなんてもったいないと思ったからだ。

大賞を取り、高校生作家として脚光を浴び始めたあとも、慶吾が自分のスタイルを変えることはなかった。

——和音に面白いって思ってもらえればいいだけだから。

いつもそう云っていた。

「俺は別にそれでもいいと思ってたんだ。わかってくれる人だけが読んでくれればいいって。——でも、俺の言葉に耳を傾けてもらうためには注目を集めなきゃいけないって考えを改めた」

「慶吾の言葉に？」

「和音を探すには、俺の場合、作家として売れるのが一番手っ取り早いと思ったから」

「……！」

作風を変えたのは、自分のためだったとは想像もしていなかった。

「ニュースになったのは、最初の一週間だけだった。失踪の状況が変わってたから取り上げてもらえたけど、続報がなければネットの記事にもならないんだ。そのままだったら、世間から忘れ去られる。和音を見つけるチャンスを減らすわけにはいかなかったから、俺が有名になれば、和音を探していることも周知されるだろう？」

「それはそうかもしれないけど……」

「それで、美琴と二人で作戦を立てたんだ。使えるものは何でも使おうって。まず、作風をわかりやすくキャッチーなものに調整して、タイトルも堅苦しいものはやめた。あとは俺が表に出ていくようにした」

「だから、テレビに出たりしたの？」

「ああ。スタイリストをつけてもらって、腕のいい美容師に髪を切ってもらって、そこそこ見栄えがするようにしてもらって、人前に出る仕事を増やしたんだ。サイン会だけじゃなくて、講演会とかテレビ番組のコメンテーターとか、どんな依頼も引き受けた」

売れるためになりふり構わずやってきたようだ。

「どうしてそこまで……」

「どうしても、和音を見つけたかったから」

「……っ」

「ちょっと目立ちすぎたみたいで、あの刑事みたいに売名行為だろって揶揄《やゆ》されたりもしたけど、別にどうってことはない。俺の目的は和音であって、作家業はその手段なんだから」

「――――」

「ごめん、重くて」

「う、ううん！　そんなことない！　でも、正直驚いてるっていうか、そんなふうに気にかけてもらえてるなんて思ってもなかったから……」

基本的に慶吾は効率を重視する合理主義な面があり、論理的で曲がったことが嫌いな融通の利かない質だった。

知り合ってからずっと優しかったけれど、彼が自らを犠牲にしてまで和音を探そうとしてくれていたことに胸が熱くなる。

「何云ってるんだ？　和音は昔から大事な親友だ。困った状況にあるなら、全力で手助けするのが友達だろう？」

「あ、ありがとう。俺、どうやって慶吾にお礼をしたらいいのかな」

「お礼？　和音は自力で帰ってきただろ。俺は結局何の役にも立ってない」

「そんなことない！　忘れないでいてくれて、本当に嬉しかった」

慶吾がいなかったら、自分の居場所なんてどこにもなかったかもしれない。和音が抱いた感謝と安心感をどう言葉にしたら伝えることができるだろう。

「公園で見つけたのは和音の鞄《かばん》と引き出物のカタログ、あとは食べ残されたバウムクーヘンだけだった。警察も一度は探してくれたけど、手がかりらしいものは何もなくて自主的な失踪じゃないかって云ってきた」

「普通はそう思うよね……」

事件性が見つからないとなれば、積極的に捜査する理由もない。子供ならともかく、成人した大人なら尚更《なおさら》だ。

「だけど、もしそうだとしたら食べ物も金も残していくのはおかしいだろ？　和音が姿を消すなら、何もかも綺麗に片づけていなくなるはずだと思ったんだ」

「……っ、そ、それはどうかな……」

慶吾の考察にぎくりとする。彼らの前から姿を消す準備をしていたことを思い出し、後ろめたさが込み上げた。

「一応、俺はこれでもトリックが緻密で狡猾《こうかつ》なミステリ作家だって評価を受けてるんだ。その俺が書いたトリックの穴を指摘してくるような人間が失踪するとして、そんな中途半端な真似をするわけがないだろう」

「あれを指摘できたのは、本当にたまたまで……」

高校生のときに投稿し、大賞を受賞した作品『暁闇《あかつきやみ》』のことを云っているのだろう。あの頃、和音は慶吾の書く小説を最初に読む幸運に恵まれていた。

忌憚《きたん》のない感想を求めていたため、必死に読み込み、完璧とも思えるトリックの矛盾に気がついただけだ。

「慶吾はどうして結婚式の翌日に俺の家に来てくれたの？」

「連絡がつかないから心配になったんだよ」

「え、じゃあ、新婚旅行はどうしたの？」

「そんなもの行く予定なんてなかっただろ。云ってなかったか？」

「いや、どうだったかな……」

聞いていたかもしれないが、慶吾と美琴の結婚という大ニュースにショックを受けていて、それ以上の話が耳に入ってこなかったのだろう。

「……慶吾は俺がどこかで死んでるって思わなかった？」

「正直、その可能性も考えた。だけど、俺の第六感が和音は生きてるって云ってたから、それを信じることにした」

「第六感って」

「だって、和音とは昔から思考が繋がってただろ？」

「でも、あれは一緒に過ごしてる時間が長かったからかと……」

昔はよく言葉を交わさずに、お互いの気持ちがわかり合えた。『あれ』と云えば何を指しているか通じるし、次に取る行動も察することができた。

だけど、それは四六時中共に過ごし、同じものを読むことが多かったからだろう。

「そんなことない。俺の一番の理解者は和音だ」

「そ、そうかな」

理解というなら、美琴のほうが洞察力がある。だが、事実がどうあれ、慶吾がそう思ってくれているのは嬉しかった。

「まあ、もしも和音が自分の意志で姿を消したんだとしても、同じように探したけどな」

「え？」

「だって、和音のいない人生なんて考えられない」

「……ッ」

だから、そういう口説き文句のようなことを平然と口にされると困ってしまう。まるで自分が特別な存在のように思えてしまってよくない。

慶吾は和音を友人として大事にしてくれているだけだ。それ以上の何かがあるわけではない。

「そ、そんな大袈裟《おおげさ》な……」

「本当だよ。和音にどれだけ依存して、支えてもらってたか。いなくなって初めて気がつくなんてな。これまで読んできた数多の作品からそう教えられてきたのに、自ら思い知るまで真剣に考えてなかった。誰よりも自分のことを一番わかってなかったのは俺自身だったんだ」

「――――」

またすごいことを云われ、返答に困り果てる。言葉選びが独特なタイプだったけれど、こんなふうに直截《ちょくせつ》な表現を好むタイプではなかったはずだ。

（いや、もしかして一周回って比喩なのか？）

大袈裟な単語を使うことで、伝えたいことをわかりやすくする意味合いがあるのかもしれない。

とうとうとした語りに返す言葉もなく、ぽかんとしていたら、慶吾が急にはっとした顔になった。

「ああ、すまない。何を暑苦しく語ってるんだろうな。それにしても、和音は若いままだな。でも、ちょっと雰囲気が変わった」

「え、そう？」

慶吾の言葉にドキリとする。しげしげと眺めてくる視線から逃れる術《すべ》などなく、落ち着かない気持ちで目を泳がせた。

「前より背筋が伸びてるし、顔つきがしっかりした」

姿勢がよくなったのは、筋力がついたからだろう。生死をかけた戦いに挑み、生きて帰ってきたことも和音の自信になっているかもしれない。

若いままなのは彼らが五年過ごしていた間、一年しか経っていないからだ。二十代の四年では肉体的な差は然程《さほど》ないだろうけれど、精神的な成長に大きく差が出ている気がする。

これが成長期の十代だったらごまかしようがなかっただろう。成人していてよかったと、和音は胸を撫で下ろす。

（ってことは、いまの慶吾は四歳年上なんだな）

そう思うと新たなトキメキを感じる。元々大人びた落ち着きがあったけれど、年齢なりの渋みが増してより魅力的になっている。

出逢《であ》った頃に年の差があったら、憧ればかりが大きくなって話しかけることもできなかったかもしれない。

「和音は本当にこの五年のことを何も覚えていないのか？」

慶吾の改めての問いに、しどろもどろになってしまう。刑事の木村のことは煙《けむ》に巻けても、慶吾に嘘を吐くのは難しい。

「う、うん…何か夢を見てたみたいで……」

夢のようなできごとだったのは本当だ。どんな経験をしてきたのか、話せるものなら話したい。異世界での日々がどれだけ過酷な苦難の道のりだったか。その中で感じた友情や悦《よろこ》び、達成感を他の誰でもなく慶吾に知って欲しかった。

（……でも、非現実的すぎるよな）

電力ではなく魔力で社会が回っている世界で勇者となり、万物を生み出した強大な存在に戦いを挑み、辛くも勝利を収めたなどと、いくら自分を信頼してくれている慶吾でも信じられるはずがない。

そんな突飛な〝真実〟を話すことは、こんなにも身を削って探してくれていた慶吾に笑えない冗談を告げるようなものだ。

慶吾に嘘を吐くのは、身を切られるような苦しさがあった。そんな和音の心の内を知ってか知らずか、慶吾はそれ以上の追及はしてこなかった。

「……！」

罪悪感を押し殺していると、不意に膝の上に置いていた手を握られ、和音は小さく息を呑んだ。

「何か思い出して、話せるようになったら聞かせてくれ」

「……わかった」

慶吾に嘘を吐いていることは心苦しかったけれど、いまはそう答えるしかない。

「――和音。帰ってきてくれてありがとう」

「な、何云ってるんだよ」

手の甲に感じる体温にドギマギする。礼を云わなければならないのは、和音のほうだ。諦めずに探し続けてくれて、いまはこうして居場所も作ってくれた。

だけど、握られた手ばかり意識してしまって、上手く言葉を整理できない。

（本当にどうしちゃったんだろ）

慶吾はどんなに親しくとも適切な距離を取るタイプだった。どんなに嬉しいことがあっても、不用意に人に触れることはなかったはずだ。

昨日抱きしめられたときも驚いたけれど、こうして肌が触れ合う感触にはまだ慣れない。たかが手だ。なのに、緊張で手の平と背中に汗が浮いてきている。

「一つだけ約束してくれ。二度と俺の傍から離れないでくれ」

「慶吾——」

思い詰めたような眼差しと告白のような言葉から、この五年の苦悩が伝わってくるようだった。

ふと、気がついた。和音に触れるのは、その存在を確かめるためなのかもしれない。

「約束する」

和音がそう告げると、慶吾はほっとした様子で表情を和らげた。

慶吾は昔から和音には優しかった。だけど、その眼差しが以前と少し違う気がするのは、五年という重みのせいなのだろうか。

相手の幸せを願うのが愛の本質ではないのか。一人で嫉妬や喪失感を抱き、失恋したといって悲嘆に暮れていた自分が愚かに思える。

ずっと、彼に恋してきた。誰よりも愛していると胸を張って云える。だけど、慶吾の与えてくれる愛情はそれ以上ではないだろうか。

慶吾は両腕でも抱えきれないような〝友情〟を注いでくれている。それが幸せでなくて何なのだ。

(こんなに幸せでいいのかな?)

ふわふわと高みへ舞い上がったあと、眼下を見下ろしてしまったような心許《もと》なさを同時に感じずにはいられなかった。

7

慶吾の家で世話になり始めて三日。ここでの暮らしは、存外にスムーズに始まった。

片想いしている相手と同じ屋根の下で暮らす緊張感はあるものの、つき合いの長さの気安さで相殺されたようだ。

不意に距離が近くなるとドキドキしてしまうけれど、余程ぼんやりしていなければそんなシチュエーションには陥らない。

和音自身が意識的に過ごしていれば、平穏に暮らしていけそうだ。

話し合いの結果、洗濯と掃除を引き受けることになった。といっても、洗濯は乾燥まで洗濯機がやってくれるし、掃除もロボット掃除機がほとんどのことをやってくれる。

最近、慶吾は料理が趣味らしく、気分転換になると云って食事作りの担当は譲ってくれなかった。いまは締め切りに追われているから簡単なものしか作れないと云いながら、四品ほど手早く作ってしまうのだからすごい。

日中は慶吾に頼まれた『サポート』の作業をしている。執筆準備中の作品の資料を整理し、足りないものを集めるのが主な内容だ。

学生時代にしていた手伝いと変わらないが、やることがあるだけでありがたい。いまは特定のキーワードが含まれた昔の事件を調べているのだが、ウェブ上から集めるには限界があった。

「……これも引用だけか」

新聞社の記事も古いものは公式サイトから削除されていることも多く、見出し以上の詳細がわからずに四苦八苦するケースが少なくなかった。

(図書館か大型書店に行ったほうがよさそう)

地図を調べてみると、どちらも徒歩と電車ですぐだ。PCの前でうだうだしているよりも、探しに行ったほうが早いだろう。

五年ぶりの外出だが、バスや電車の乗り方は変わってはいないだろう。思い立った和音は身支度をして、慶吾に声をかけにいく。だが、ドアをノックしても返事がない。

「……慶吾、ちょっといいかな?」

そっと書斎のドアを開けて窺《うかが》うと、キーボードを叩く音が休みなく続いていた。どうやら執筆に集中しているらしい。

こうなると、自分の世界に入ってしまっていて、なかなか戻ってこない。

いまはコラムやコメントの締め切りが立て込んでいると云っていた。慶吾が朝から書斎に籠もっているのは、その原稿を仕上げなければならないからだろう。

邪魔をしないほうがいいと判断し、音を立てずにドアを閉める。和音は出かける旨のメモを書いてリビングのテーブルに置いて出かけることにした。

「森永さん、こんにちは」

エントランスに降りていくと、森永があちこちに配置された観葉植物に水をやっていた。

「芦谷様。お出かけですか？」

「はい、ちょっと本屋さんに行こうと思って。最寄りの駅はどこから出ると近いですか？」

アップデートしたスマートフォンで地図は調べておいたけれど、このマンションの敷地内の道案内までは出なかった。森永に訊ねるのが一番早いと思ったのだが、何故か彼は表情を曇らせた。

「庭園を抜けた先の西門からお出になられるのが最短ですが、伊住様はご一緒ではないのですか？」

「仕事が忙しいようなので、声をかけずに出てきました。ちょっと出かけるくらいで煩わせるのも何ですし」

「でしたら、地下鉄よりもタクシーをお呼びしたほうがいいのでは？　付近にはよからぬ人間もいますし、お一人で出かけられるのは……」

森永は心配そうに提案してくる。きっと慶吾や住人の芸能人のスクープを狙って待ち構えている記者のことを云っているのだろう。彼らを気にするなら、むしろ一人のほうが安全だ。

「大丈夫ですよ、俺は有名人とかじゃないですから。でも、ご心配ありがとうございます」

行ってきますと踵《きびす》を返してエントランスを出ると、背後から切羽詰まった様子で名前を呼ばれた。

「和音！」

「え、慶吾？　どうしたの？　原稿中じゃ――むぐっ」

振り向くと同時に、嵐に攫《さら》われるように力強く抱きしめられた。

「姿が見えないから心配した」

心配してくれるのは嬉しいが、大袈裟にもほどがある。慶吾の腕をやんわりと解き、行き先を告げる。

「えっと、ちょっと本屋に行こうと……テーブルの上にメモ置いといたんだけど、わかりにくかった？　原稿の邪魔したくなくて」

「気遣いはありがたいが、せめて一声かけていってくれ。肝が潰れた」

「ごめん、慶吾の邪魔しちゃいけないと思って……」

声をかけようと書斎を覗いたら、ちょうど集中してキーボードを打っているところだった。執筆の妨げにならないよう、そっと外に出たのだ。

（ていうか、慶吾ってこんなに心配性だったっけ？）

一緒に暮らし始めた慶吾は、やけに過保護で甲斐甲斐《かいがい》しい。

執筆で忙しいはずなのに食事も三食作ってくれて、和音が気負わないように書類整理や資料探しなどの仕事も振ってくれている。

元々優しかったし、学生時代は鈍臭い和音を助けてくれていたけれど、いまはやたらと和音を甘やかしてくる。

まるで都合のいい夢のような生活でむしろ落ち着かない。

せめて自分にできることをしようと、洗い物を引き受けたり、洗濯や掃除をしたりしているけれど、慶吾が与えてくれるものには到底見合わない。

「また消えたかと思って怖かった。いつ声をかけてくれてもいいから、黙って出かけないでくれ」

「今度から気をつける。それじゃ、ちょっと出かけてくるね」

「俺も一緒に行く」

「えっ、一人で大丈夫だよ！　本屋と図書館で調べ物してくるだけだから、慶吾は原稿やっててよ」

「ちょうど一本送って、気分転換をしようと思ってたところなんだ。今月の新刊もチェックしに行きたいし、二人で出かけるのも久々だろう？」

慶吾はどうしてもついてくる気のようだ。和音が目の届かないところに行くことを恐れているように見える。

（失踪の原因はわからないってことになってるもんな……）

自分の意思で消えたのではないなら、第三者の関与が疑われる。慶吾は何も訊いてこないけれど、不安が拭いきれないのだろう。

「……じゃあ、つき合ってもらおうかな」

「よし、どこから行く？」

「区役所の近くに図書館があるみたいだから、まずそこに行こうと思って」

「図書館か。そういえば、そこは行ったことないな」

西門は歩行者だけが通れる仕様になっていた。オートロックで外から入る場合は暗証番号とカードキーがセットで必要らしい。

「万が一はぐれた場合のために教えておくが、番号は０６１３だ」

「何かの日付？」

ランダムには思えない数字だ。日付だとしても、和音の知る限り親しい人の誕生日ではない。

「和音が俺の書いた小説を初めて読んで、面白いって云ってくれた日」

「そんな日付覚えてるの!?」

慶吾の小説を初めて読んだときのことは覚えているけれど、その日付まではまったく意識したことがなかった。

「嬉しかった日のことは誰だって忘れないだろう？」

「余程特別な日じゃなきゃ日にちまでは覚えてないと思う……」

慶吾が記念日を増やしていくタイプだということを初めて知った。もしかしたら、慶吾について知らないことは思っている以上にたくさんあるのかもしれない。

門扉を閉め、駅へと足を踏み出した瞬間、学生のようなラフな服装の男が目の前に飛び出してきた。

「すみません！　いまちょっといいですか？」

「な、何？」

三十歳前後だろうか。意味がわからず戸惑っていると、スマホをこちらに向け、レポーターのような問いかけをしてくる。

「伊住先生と一緒にいるってことは、例の芦谷さんですよね？　五年ぶりに戻ってきた感想を教えてください！」

「え、あの……」

どう対応するのが正解なのかわからず、男と慶吾の顔を交互に見る。男は和音の返事を待つことなくさらなる質問を投げつけてくる。

「芦谷さん、写真で見るより男前っすね！　記憶喪失って噂、本当ですか？　実はちょっとくらい覚えてるんでしょ？」

「答えなくていい。肖像権の侵害だ。俺たちを撮るのをやめろ」

「取材ですよ、取材。ちょっとくらいいいじゃないですか」

「やめろ。取材なら編集部を通してくれ」

慶吾が怖い顔で睨んでいるにも拘《かかわ》らず、男は意に介しもせずスマホをこちらに向けてくる。

「編集部に申し入れたけど断られちゃったんですよ。伊住先生の担当さん、怖いですね。それに芦谷さんは作家さんじゃないから出版社は関係ないでしょ？」

男は本当にしつこく、簡単には退散してくれなさそうだった。この手の人間は少しでも譲歩すると、さらに無遠慮に踏み込んでくる。成功体験を与えてはいけないのだ。

しかし、どうやって追い払えばいいのだろう。慶吾が盾になってくれているけれど、本当なら彼を矢面に立たせるべきではない。

（そういえば、〈魅了〉とかって使えるのかな？）

ふと、自分の能力を思い出す。和音は向こうの世界で魔道士の大家に師事し、魔力のコントロールを教えてもらった。

攻撃や回復の他に、好感を抱かせて敵意を消す〈魅了〉や憎しみを煽《あお》り注目を集める〈挑発〉などの心理操作の術もある。

和音は心理操作系は抵抗感が先に立ち、常に成功率が低かったけれど、こちらでも魔法が使えるのなら、試してみる価値はありそうだ。

「あの、先に名刺とかもらえますか？」

警戒心全開の慶吾の前に出て声をかけ、自分のほうに彼の意識を向けさせる。

「あっ、名刺ですね！　そういえば渡しそびれてました！」

和音が答える気になったと思ったのか、男はいそいそと鞄の中を漁《あさ》っている。

「和音、何を考えてるんだ？」

「いいから」

訝《いぶか》しげな目を向ける慶吾を黙らせ、男に向き合った。

「あっ、私、フリーランスでノンフィクションをメインにやっている高橋《たかはし》と……申し……」

目が合った瞬間、ぎゅっと力を込めて見つめ返す。目ではなく、その奥にある脳を意識しろというのは師匠の教えだ。

瞬きせずに五秒。こうして、こちらが上位の存在だと教え込む。

やがて、相手の目がとろんと焦点を失った。まるで酩酊《めいてい》しているかのような表情になり、恋するような眼差しになった。

（効いたかな？）

初めての成功と云えるかもしれない。時間が経てば効果は消える。それまでにどこか遠くに行ってもらおう。

「名刺ありがとうございます。すみませんが、今日は時間がないのでまたの機会にお願いします。お答えできるようになったらこちらから連絡しますので、それまでお待ちください」

ゆっくりと丁寧に話しかける。

「わかりました……」

「それといま撮った映像は消してください。今日は暑いですから、お帰りになって涼しいところでお仕事なさってくださいね」

「はい、そうします……」

基本的に〈魅了〉は敵意を奪い、争いを避けるための術だ。術が強すぎると逆につきまとわれるという弊害もあるらしいが、和音の場合そこまで得意な術ではないからその心配はなさそうだ。

ふらふらとした足取りで遠離《とおざか》っていく高橋の様子に、ほっと胸を撫で下ろす。そんな和音の隣で、慶吾は首を傾《かし》げていた。

「どうしたんだ？　急に聞き分けがよくなったな」

「暑い中で待ってたから、帰りたくなったんじゃないかな」

「確かに熱中症の注意報が出てたしな。これに懲りて二度と現れないでくれるとありがたいんだが」

「そうだね」

多忙な慶吾を煩わせないで欲しいし、自分のような人間に拘《かかずら》っても意味がない。貴重な時間をもっと有意義に使って欲しい。

「しかし、こうやって和音がターゲットになったのは、俺の活動のせいだな。すまない、個人情報をオープンにしすぎた」

慶吾は表情に後悔を滲ませる。

「仕方ないよ。探してるのがどんな人間かわからなかったら、情報も集められなかったんだから」

「それはそうだが……」

顔も名前も明かさずに人捜しなどできるわけがない。慶吾は個人的に打てる手を全て打って、和音を探してくれていたのだ。命と比べたら、個人情報なんて些末な問題だ。

「ほら、見つかったことがニュースになったばっかりだし、きっと漫画みたいな見つかり方したからネタになってるだけだよ。そのうち落ち着くんじゃない？」

「そうだといいが、ああいった手合いが続くようなら弁護士と警察に相談する」

「そんな大袈裟にしないでも大丈夫だよ。ほら、さっきみたいに話せばわかってくれるだろうし」

和音の未熟な〈魅了〉の術でも効くことがわかった。何かあっても、対処できるだろう。

（こっちの世界の人のほうが魔術が効きやすいのかな？）

魔術にも耐性というものがあると教えられた。暑さに強い者もいれば、寒さに強い者もいるが、向こうの世界の人間は生まれつき魔力に晒《さら》されているためある程度は体が慣れているのだそうだ。

魔術を習い始めたばかりの頃、和音は体の奥底に眠っていた魔力が急に引き出されたことで、数日魔力酔いという症状に悩まされたことを思い出した。

「あ」

ふと、よからぬ考えが浮かんだ。この術は慶吾にも効くのだろうか。より難しい術が成功すれば、効果を固定することもできる。上手くいけば、もしかして——。

「あのさ、慶吾——」

「うん？」

「やっぱり何でもない！」

こちらを振り返った慶吾の顔を見た瞬間、はっと我に返った。

(俺は何を考えてるんだ)

友達の心を操ろうとするなんて許されないことだ。魔が差した自分に罪悪感が込み上げてくる。

「どうかしたのか？」

この力は人を助けるために授かったものだ。危機回避はともかく、私利私欲のために人の心を操ろうとするなんて何を考えているのだ。

「う、ううん、本当に何でもない。暑いから早く図書館に行こう」

「そうだな。こんなところにずっといたら熱中症になりかねない」

幸せすぎると、どんどん贅沢《ぜいたく》になってくるのかもしれない。

こうして並んで歩けるだけで幸せなのに、もっともっとと強欲な願いが湧いて出てくる。

気持ちを知ってほしい、その気持ちに応えてほしい、自分だけを愛してほしい——欲望には終わりがない。

だけど、そもそも操った心で愛されてそれは本当に欲しかったものなのか。心の自由を奪い、愛させたところでそれは愛し合っていることにはならない。

喩えて云うなら、人形遊びのようなものだ。物云わぬ存在に役割を振り、思うようにアテレコをする子供の遊びと何が違うというのか。浅はかな考えを抱いてしまった自己嫌悪に項垂《うなだ》れる。

弁《わきま》えているつもりでも、こうやって身勝手な私欲が顔を出す瞬間がある。

（……大人になりきれてないんだな）

小さな頃は聞き分けのいい子供だった。体が弱くて熱を出すことが多く、そのたびに母が仕事を早退して迎えにきてくれた。

迷惑をかけている自覚もあり、我が侭を云ってはいけないのだと周囲からよく云い聞かされていた。だから、ずっと欲しいものなどなかったし、自分のしたいこともわからなかった。与えられた本を読んで、物語に没入できればそれでよかった。

そんな和音が生まれて始めて自分の意思で神様に祈ったことがある。


——慶吾とずっと友達でいさせてください。


神様は、和音の願いを叶えてくれた。

これ以上を望めば、罰が当たる。

8

気がついたら、日が陰り始めていた。

「今日は買い物つき合ってくれてありがとう。ちょっと買いすぎたかな」

久々の書店での買い物はテンションが上がった。二人であれこれ云いながら平台を見ていると、学生時代の放課後を思い出した。

図書館と書店を回り、目的のものを手に入れることができた。これがあれば、慶吾の求めていた資料の穴を埋めることができる。

荷物が増えてしまったので、帰りはタクシーを拾うことにした。

「電子書籍を買い直して蔵書を整理したのに、紙の本を手に取るとつい買っちゃうんだよね」

「本は買えるときに買っておかないと、あとで手に入らなくなることもあるからな」

「電子は好きじゃないんだっけ？」

紙の本が品切れだとしても、いまはデータで入手できる。ありがたい時代になったものだ。

「そんなことはない。読み上げてくれるサービスも便利だしな。けど、電子も翻訳ものとかだと権利が切れると配信が終わることもあるから油断できないんだよ。どれだけ古書店を探し回ったか……」

慶吾は遠い目をして語る。入手困難な本を探し求めていたときのことを思い出しているのだろう。

幸い渋滞に捕まることなく、タクシーはあっという間にマンションに到着した。

本がみっちりと詰まった紙袋を両手に持ち、後部座席から降りる。支払いはアプリで決済されてしまうらしく、この五年で世の中便利になったものだと感心した。

「重たくないか？　半分持つ」

「大丈夫だって。大したことないよ」

「そうか？　辛くなったら云うんだぞ」

以前なら肩が抜けそうになっていただろうが、いまはそれほど重さを感じない。これも向こうの世界での鍛錬の結果だろう。エントランスに入る前にコンシェルジュの森永が飛んできたけれど、手伝いを断り、自分で荷物を運んだ。

「ただいまー」

暮らし始めてまだ数日だが、帰宅するとほっとする。きっと、慶吾の匂いがするからだろう。

「歩き回ったら腹が減ったな。少し早いけど、夕食にするか」

「あっ、じゃあ今日は俺が作るよ！　簡単なものでよければだけど……」

「いいのか？　それなら一緒に作らないか？　そのほうが早いだろ」

大学の頃の和音や慶吾のアパートはキッチンが狭く、すれ違うことのできない広さだった。二人で並んで料理をする機会なんてあるはずもなく、和音が食事を作るときは慶吾が洗い物に立つのがいつもの流れだった。

「ほら、これ使って」

焦げ茶色のエプロンを渡される。

「いいよ、それ慶吾のだろ？」

「俺のはこっちだ。料理人が主人公の本を出したときにキャンペーンで作ってもらったやつなんだ」

「キャンペーン？」

「感想を書いて応募すると百名に当たるってやつだったかな？　キャラクターが普段身に着けてるものと同じデザインになってる」

「めっちゃレアなやつだ！　使っちゃうのもったいないよ」

よくよく見ると、ポケットのところにロゴがある。目立たないようにプリントされているのは、デザインの邪魔にならないようにとの配慮だろう。

「見本で十枚もらって持て余してたけど、使わないほうがもったいない」

お揃いのエプロンをしてキッチンに並び立つのは、何だか気恥ずかしい。ドキドキしすぎて、包丁を滑らせて指を切らないようにしなければ。

平静を取り戻すために、必要以上に丁寧に手を洗う。冷たい水の感触で、少し気持ちが落ち着いてきた。

（何か新婚っぽい）

美琴の持っていた少女漫画で読んだ主人公の憧れのシチュエーションと同じだ。そう考えたら、急にドキドキしてきた。

「そ、そういえば、慶吾はずいぶん料理の腕が上がってるけど、何かきっかけでもあったの？」

以前はお湯を沸かすことしかできなかったのに、慶吾は慣れた手つきで自炊をしている。すっかり玄人跣《はだし》になっていることに驚かされた。

慶吾の料理は大抵昆布や鰹節《かつおぶし》から出汁《だし》を取る本格派だ。向こうの世界の料理も美味しかったけれど、出汁と醤油《しょうゆ》の味は郷愁を誘う。

何気なく質問してから、ふと余計なことを訊いてしまっただろうかと後悔する。

（そんなの、考えなくたって普通結婚がきっかけだろ）

学生時代、慶吾も美琴もほとんど自炊をしていなかった。アルバイト先の賄いとスーパーの惣菜《そうざい》で凌《しの》いでいた。

見かねた和音が彼らのぶんも夕食を作るようになった。大した料理はできなかったけれど、美味しいと云って食べてくれる二人の顔を見ていたらそれだけで幸せだった。

「和音の作ってくれた炒飯《チャーハン》が食べたくて、再現してみようと思ったんだ」

「僕の炒飯？」

料理を始めたのがそんな理由だったなんて。こそばゆさはあるが、そんなふうに思い出してくれていたと知って嬉しくなった。

「自分で食べたいものが作れるようになると楽しくて。色々試してたら、料理が趣味になってたんだ。今度、炒飯のレシピを教えてくれ」

「残り物で作ってたからレシピなんてないよ。大抵、卵は入ってたとは思うけど」

そのとき冷蔵庫にあるものを刻んで一緒に炒《いた》めていただけだ。二人とも実家から送ってもらった高菜を入れた炒飯がお気に入りで、よく作っていた気がする。

「ていうか、いまも炒飯作ろうと思ってた」

手早く作れるレパートリーがそのくらいしかないのもある。

向こうの世界での旅路でアウトドア料理の腕は上がったけれど、下処理のしてある食材が手に入る日本では、披露する機会はなさそうだ。

「本当に!? 夢に見るくらい、めちゃくちゃ食べたかったから、すごく嬉しい」

手放しで喜ぶ慶吾に苦笑する。

「大袈裟だな。そんなに云うなら毎日作ろうか？」

「いいのか？」

慶吾は目を輝かせる。

「三日目くらいにもう見たくないって云いそうだけど」

「絶対云わない。一生食べ続けても飽きないよ」

「俺のほうが先に飽きると思う。俺は毎日慶吾の作るご飯が食べたい」

締め切り前だから簡単なものだけどと云いながら、ほろほろと解《ほぐ》れるように柔らかいビーフシチューやとろとろのオムレツは絶品だった。

「じゃあ、俺が和音の食事を作って、和音は俺の食事を作ればいいんじゃないか？」

「それいいね！」

本当に一生そうやって暮らしていけるとは思っていない。だけど、慶吾とこんなふうに未来を話せることが嬉しかった。

9

慶吾の家での生活パターンも決まってきた。

朝起きてマンションの敷地内をジョギングし、朝食を作っているうちに慶吾が起きてくる。一緒にテーブルに着いて食事をしながら、その日の作業の指示をもらう。

家事をこなしつつ、慶吾が集めた資料を整理して必要な箇所をピックアップしたり、インターネットで検索をして補足する。

そうこうしている間に昼になるけれど、昼食を摂《と》ると頭が働かなくなるという慶吾にコーヒーを持っていき、和音は一人で軽く食べる。

午後にはネットスーパーからの配達を受け取ったり、空いた時間は読書をしたり、勉強をしたり。優雅としか云いようのない生活を送らせてもらっている。

少しでも役に立とうと、資料探しには熱が入るが、インターネットの海を彷徨っているとつい寄り道をしてしまうことも少なくない。

「……これって」

資料を探している途中、スポーツ紙の事件記事のサイトに表示されたある記事のタイトルが気になった。

〈謎の失踪事件、神隠しか？　五年ぶりに見つかった行方不明者の謎〉とある。

「これって、もしかして俺のこと？」

好奇心に負けた和音は、クリックしてその記事に目を通す。全国紙と違って、ややゴシップの色合いの強い内容だった。


――五年前、都内の公園から謎の失踪をした男性Aは、先日同じ公園で意識不明で発見された。失踪時と同じ着衣だったが、失踪中の記憶はなく、経緯も不明のままだという。当時、現場では強い発光体が観測されており、日本全国で似たような失踪事件がある。被害者の年齢、性別、生活パターンに一致点はないが、共通して失踪前後に強い光が観測されている。これは現代の神隠しではないだろうか。


発見時の不可解な状況が、オカルト的な憶測を呼んでいるようだ。

（俺だって五年もずれるってわかってたら、もっとそれっぽい格好して帰ってきたよ……）

せいぜい数日の誤差だと思っていたから同じ服を身に着けたのだ。

ふと和音の失踪について書かれているのは、この記事だけだろうかと気になった。『失踪・男性・神隠し』という単語で検索をすると、個人ブログや動画配信チャンネルが引っかかってきた。

いかに面白おかしく話題にするかが肝らしく、男性Aは神隠しに遭ったとか、宇宙人に連れ去られて洗脳されたのだとか荒唐無稽な作り話をされていた。

「酷い云われようだな」

憶測と微かな事実を針小棒大に書いた文章に思わず笑ってしまう。こういう文を書けるなら、ゴシップよりも小説のほうが向いているのではないだろうか。

だけど、オカルト的な推測のほうが事実に近いとは皮肉なことだ。和音が〝魔法〟を使えることがバレたら、もっと大騒ぎになるに違いない。

名前はぼかされていたけれど、某ベストセラー作家の話題作りのために、親友が自作自演で失踪事件をでっち上げたというのもある。

この手の記事を真に受けて、SNSでも好き勝手に云われているようだった。

(こういうのって名誉毀損とかで訴えられるんだっけ?)

自分のことは何を云われようがどうでもいいけれど、慶吾を侮辱されるのは腹立たしい。

「何を一生懸命読んでるんだ?」

「うわっ」

すぐ近くで声がして、飛び上がりそうになった。吐息のかかった耳を押さえながら振り返ると、眼鏡を外した慶吾の顔がそこにあった。

いくら見慣れているといっても、好きな人が至近距離にいたらドキドキしてしまう。

「何だ、ゴシップ記事なんか読んでるのか。こういうのに書かれてることを信じ込むなよ。根も葉もないことを書き散らして扇情的な記事にしてあるんだからな」

「わかってるって。あんまりにも荒唐無稽だから面白くて。……もしかして、慶吾は知ってた?」

問いかけに慶吾は苦い表情を浮かべた。和音に嫌な思いをさせないよう、黙っていたのだろう。

「まあ、な。とりあえずは俺への誹謗《ひぼう》中傷として、編集部から抗議をしてもらうことになっている。それでも収まらない場合は弁護士に依頼しようと思っているけど、それでいいか？」

「うん、慶吾の迷惑にならない方法なら……」

慶吾は締め切りに追われている間も気を配ってくれていたとわかり、頭が下がる思いだった。編集部からということは、美琴も動いてくれているのだろう。二人には迷惑をかけどおしだ。

「それにしても、行方不明になってる人ってこんなにいるんだね……」

勝手な推論を語るばかりの配信者もいれば、過去の誘拐・失踪事件のデータや情報を引き合いに出して考察しているブログもあった。

「余程の証拠がない限り、家出扱いになってまともな事件として取り扱ってもらえないからな」

本当に事件に巻き込まれたのだとしても、何らかの物証や手がかりがなければ警察に動いてもらうのは難しいだろう。

「俺と同じような状況でいなくなった人も少なくないみたいだし」

その失踪した人たちは、もしかしたら和音と同じように世界を越えてしまったのかもしれない。

向こうでは亡くなった祖父がこちらの世界の人間だったという女性にも会ったことがある。

(以前にもこっちの世界から来た人たちがいたみたいだもんな)

和音にように召喚されたり、時空の道が開いたときに巻き込まれたりして、世界を越えてしまった人たちの記録も残っていた。

そういう人たちが帰る方法を研究してくれたお陰もあって、和音は帰還することができたけれど、道半ばで寿命を終えた人もいたらしい。

「活動中、その話は俺も耳にしたことがある。和音と同じように、家出の前兆もなく何もかも残していなくなったケースで強い光が観測されたものが何件もあるみたいだ」

「そうなんだ……」

和音が召喚されたよりも未来の時間軸へ行ってしまったのなら、戻ることができるかもしれない。だが、それ以前だとしたら帰還術が確立するまではあちらで生きていく他ない。

時間がズレたとしても、帰ってこられた和音は幸運だったのだ。

「——この記事、やけに和音の身辺に詳しいな」

慶吾の呟きに、手元を覗き込む。

「どれ？……本当だ、よくこんなことまで調べたね」

〈ミステリー作家・伊住慶吾の親友A氏とは？〉というタイトルのブログ記事だ。そこには中学での慶吾との出逢いや、大学のときのエピソードなどが書いてある。

誹謗中傷や悪意のある内容ではないが、不気味ではある。

「講演で和音との思い出を織り交ぜたことはあるけど、こんなことまで話したことはない」

「じゃあ、大学の同期に話を聞いたのかな？　でも、どうして俺のことを取り上げるんだろ」

売れっ子作家となった慶吾のことならば理解できる。たくさんのインタビューに答えているし、地元では病院の息子ということで顔も名前も知られていた。

学生時代のことなどは同級生に詳しく聞き込みをすればわかることもあるだろう。だけど、こんな半ば飛ばしのゴシップ記事にそこまで労力を割くとも思えない。

「俺のネタは使い尽くしたから、その周辺に手を伸ばしてきたんじゃないか？　ああいうのは閲覧数が稼げればいいだけだからな」

「そっか……」

つまり、和音の臑《すね》に傷があれば、慶吾の足を引っ張ることになる。とはいえ、余計なことをしなければ、何の問題もないはずだ。以前のように過ごしていればいいだけなのだから。

「和音は何も心配しなくていい。俺がどうにかする」

「え、俺のことは別に大丈夫だよ。何を云われたって気にならないし、変なこと書いてる人たちだってすぐに飽きるだろうし。慶吾は気にせず原稿書いててよ」

和音の言葉に、慶吾が苦笑する。

「和音まで美琴みたいなことを云うんだな。云われなくても、原稿はちゃんと書く。けど、和音のことは今度こそ俺が守りたいんだ」

「……！」

頼もしい言葉にドキリとする。まるで口説かれているような気分になるから困ってしまう。

「だから、困ったことがあったら、ちゃんと俺に教えて欲しい。和音はすぐに一人で抱え込むからな。遠慮せずに話してくれ」

「う、うん、わかった」

一番困っているのは、慶吾が勘違いしそうなことばかり云ってくることだ。本格的に文筆業にシフトしたせいで、言葉の選択が大袈裟になっているのかと思うほどだ。

慶吾が向けてくれているのは、純粋な厚意だとわかっている。それでもどうしてもドギマギしてしまう。だからといって、これ以上意識させないで欲しいなどと本人に云えるわけがない。

和音が自分にずっと片想いをしていたと知ったら、絶対に気に病むはずだ。和音の気持ちに応えられないことを申し訳なく思うに違いない。

長い間、心配をかけてしまった慶吾に、どんなことでもこれ以上悩ましい思いはさせたくない。

「本当に大丈夫だから」

和音は胸の疼《うず》きを奥底に押し込め、慶吾にそう笑いかけた。

10

「本当になくなっちゃったんだねえ……」

想像以上に小綺麗な建物を見上げ、呆然《ぼうぜん》と呟く。

体調が戻ったら、戻ってきたお祝いをしようということで今日は美琴も交えて飲み会をすることになっていた。

そのために予約したという店に行く前に、我が侭を云って自分の住んでいたアパートの跡地につき合ってもらったのだ。

「大家さんが亡くなって跡を継いだ息子さんが、建て替えたいから立ち退いてくれって。それで俺が慌てて荷物を引き取ったんだ。そのときは冷蔵庫とか洗濯機とか置く場所がなくて、処分させてもらった。勝手なことをしてすまない」

「そんなの気にしないでいいよ。俺こそ、色々気を遣ってくれて感謝してる。むしろ、あれだけの荷物を保管してくれたことにお礼をしないと」

いまは広い家に住んでいるけれど、新婚生活を始めたばかりの新居をかなり占拠してしまっていたに違いない。

元の世界に戻ってこられたのは幸いだった。慶吾にも再会でき、いまは一緒に暮らしている。そんな幸せすぎる状況のせいか、未だに現実感がない。

外で働いていないというのもあるかもしれないけれど、社会から切り離され、自分だけが五年前のまま立ち止まっているような感覚が拭えないのだ。

以前の生活のあとを目にすれば、もっと地に足がつくのではないかと思い、こうして足を運んでみたというわけだ。

築三十年ほどの二階建てのアパートは、五階建てのお洒落なマンションに変貌していた。

蔦《つた》の絡んだフェンスがあった場所にはユキヤナギが植えられており、エントランスにはヒメシャラが植わっている。初夏には可憐《かれん》な白い花でいっぱいになるのだろう。

（もう俺の知らない場所だ）

真新しい綺麗な建物がよそよそしく建っている光景に、自分だけが置いていかれているような淋しさを覚えた。

大学の頃は慶吾も美琴も近くに住んでいて、よくそれぞれの家で食事をしたり、駅からの帰り道の途中にある鯛《たい》焼き屋で買い食いしたりした。

いまやその店もなくなっていて、その建物にはシックな雰囲気の美容院が入っている。

帰ってくる前は何ごともなく、元の生活に戻れるだろうと思っていた。だけど、皆それぞれの方向へと進んでいるのだ。

「和音、大丈夫か？」

「うん、大丈夫。じゃあ、次行こっか」

淋しさを振り払い、顔を上げる。いつまでも過去にしがみついていても仕方ない。

「本気であの公園に行く気か？」

「うん。ほら、現場百遍って云うだろ？」

冗談めかして云うと、慶吾の顔が綻んだ。

「それは刑事の教訓だし、使い方が違う。……わかったよ、行けば何か思い出すかもしれないしな。苦しくなったりしたら、すぐに云うんだぞ」

「平気だよ。心配ないって」

あまりのんびりしていると、約束の時間に遅れてしまう。慶吾の過保護さに苦笑しながら、次の目的地へと急《せ》かす。

本当は記憶を失ってもいないし、酷い目に遭ったわけでもないのだから、彼の心配は杞憂《きゆう》でしかない。気遣ってくれる慶吾に対して胸が痛む。

（いや、あれはある意味酷くはあるか……）

向こうの世界も平和になり、和音はこうして帰ってくることができた。

結果としていい方向へと進んだけれど、悪神の封印に失敗し、こちらへ戻ってもこられなかったとしたら、結果オーライなどとは云っていられなかっただろう。

和音を探していた慶吾たちの苦労を思えば、脳天気なことを云ってはいられない。

件《くだん》の公園は和音のアパートから五分もかからない。人通りのほとんどない住宅街を抜けると、すぐそこだ。

「そこに倒れてるところを見つけてもらったんだよね？」

異世界に召喚され、そして戻ってきた公園にやってきた。戻ってきたときは意識がなかったため、こうして現地に立つと懐かしい気持ちになる。

(そこのベンチでバウムクーヘン食べてたんだよな)

貴重品と引き出物のギフトカタログ、そして食べかけのバウムクーヘンだけが残された現場はさぞ不可解だっただろう。

気持ちの整理をつけたかったのもあるが、〝道〟が開いた痕跡がないか見ておきたかったのだ。注視してみても、魔力の残滓《ざんし》は残っていない。

キルスのくれた石はペンダントとして、いまは首に下げている。服の中にあるそれにそっと触れ、向こうの世界の人々のことを考える。

あちらではどのくらいの歳月が過ぎたのだろうか。順調に復興できているといいのだが。

和音と同じようにあちらの世界に迷い込んだ人たちはどうしているのだろう。行方不明者があんなにも大勢いると知っていたら、彼らを探し、共に帰ってくることもできたかもしれない。

和音の送還にはたくさんの魔力が必要だった。この石には長い時間をかけて、同じだけの魔力が注ぎ込まれている。

和音が受け取らなければ、少なくとも一人は一緒に戻れたかもしれない。

「和音?」

「ごめん、ぼんやりしてた」

心配そうに名前を呼ばれ、はっと我に返る。

ふと、公園が記憶にある光景よりもずいぶんと荒れていることに気がついた。遊具は錆《さ》びており、雑草もあちこちに生えている。以前は子供たちが賑《にぎ》やかに遊んでいたのに、どうしたことだろう。

（……そうか、俺のせいか）

行方不明者が出た公園に、親が安心して子供を送り出せるわけがない。人が来なくなれば、自然と荒れていく。倒れていた和音が発見されたのは、かなり幸運なことだったのだろう。

「俺もこの公園に来るのは久しぶりだな」

「そうなの？」

「最初のうちは何か手がかりが残ってないか探しにきたり、ビラを配りにきたりしたよ。でも、ここはあまり人通りがないだろう？　だから、そのうち足を運ばなくなったんだ」

慶吾の声には苦さが滲む。ここには辛い思い出が詰まっているようだ。

和音を慮《おもんぱか》ったのは、慶吾自身がこの公園を見ると苦しい気持ちを思い出すからだったのかもしれない。無神経に現場を見にいきたいなどと云ってしまった自分を反省する。

和音にとっては一年ちょっと。しかも厳しい訓練や次から次に襲ってくる厄災を凌ぎながらの日々はあっという間に過ぎていった。

だが、慶吾の五年は何の手がかりもなく雲を摑むような状況での捜索活動だっただろう。精神的な消耗は計り知れない。

「……ごめん、俺、考えなしだった」

「いいんだ。俺もここに来て、気持ちに一区切りついた。それに、いまはこうして和音が隣にいる」

「……！」

慶吾にぎゅっと手を握られる。景色は常に変わっていく。だけど、変わらずに受け入れてくれる人たちもいる。

和音の抱いていた心許なさは、生まれてからこれまでの日々が途切れたことによる、糸の切れた風船のようなものなのかもしれない。

「……待っててくれてありがとう」

「和音こそ、帰ってきてくれてありがとな」

見上げた慶吾の顔は夕陽《ゆうひ》の逆光でよく見えなかった。


公園をあとにして、予約をしているという居酒屋に向かう。赤く染まっていた空は青味が増し、太陽は姿を消した。それなのに、まだあたりには熱気が残っている。

「今年はいつまでも暑いね」

日が暮れてきているというのに、まったく気温が下がらない。

「去年もこんな感じだった。このまま夏はもっと長くなっていくのかもな」

「一日も早く終わって欲しいのに……」

体は逞しく丈夫になったけれど、暑さに弱いことだけは変わらなかった。とくに日本の湿気の高さは、じわじわと体力を奪っていく毒霧のようだ。

「……っ」

不意に妙な気配を感じて振り返る。自分たちの他には誰も歩いていない。

「どうした？」

「ごめん、ちょっと靴に小石が入っただけ」

靴を脱いで、引っくり返す仕草をしながら後方を確認する。一人、少し離れた曲がり角に潜んでいる気配がする。

距離があるせいで人物像まではわからないけれど、こちらを注視しているのはわかる。

(この間の記者みたいな人かな)

和音のことを調べたところで、何も面白い話はない。彼らは注目されるならどんなネタでもいいし、さらに云えば真偽もどうでもいいのかもしれない。

小さな真実さえあれば、大きな尾鰭《おひれ》をつけて見栄えを派手にすることができる。そうして閲覧数を増やせば収入に繋がっていく。

しばらくすれば新しいネタを見つけて流れていくだろう。それでも警戒してしまうのは、和音に隠している能力があるからだ。

異世界のことは証明のしようがない。だけど、和音の中の魔力は確かに存在するし、発動もする。

迂闊に使うことがないよう、気をつけなければ。

「ちょっと遅くなったから、美琴が待ちくたびれてるな」

慶吾に連れてこられたのは、以前よく通っていた居酒屋だった。安くてボリュームがある、学生の味方のような店だ。

「うわ、懐かしい。昔はよく来てたよね」

社会人になってからは足が遠のいていたけれど、店構えはまったく変わっていない。見る影もなく変わってしまった場所もあれば、以前のままというところもあるようだ。

「通い慣れた店のほうが安心して過ごせるだろ？」

ガラガラと引き戸を開けて店内に入ると、馴染みの店長が出迎えてくれる。昔よりも少し恰幅《かっぷく》がよくなっただろうか。

「いらっしゃい。飛鳥井さん、もう来てるよ」

「今日はすみません。我が侭云って貸し切りにしてもらって」

「いいよ、いいよ。伊住くん、すっかり有名人だし、騒ぎになっても落ち着いて飲めないしね。今日はゆっくりしていってね」

相変わらず、にこにこと笑みの絶えない物腰の柔らかい人だ。記憶にあるよりもぽっちゃりとしている。確かにここ以上に安心して食事ができる店などないだろう。

慶吾がこんなサプライズを仕掛けてくるなんて思いもしなかった。

「芦谷くん、久しぶりだねえ」

「ご無沙汰してます」

「本当に心配してたんだよ。でも、元気そうな顔が見られて嬉しい」

そうやって言葉を交わしていたら、奥の座敷がガラリと開いた。きっと話し声に気づいたのだろう。奥の座席から待ち侘《わ》びていた様子で美琴が飛び出してきた。別々のサンダルを足に引っかけ、和音に駆け寄ってくる。

「和音！」

「美琴、久しぶ——むぐっ」

慶吾以上の力で抱きしめられ、面食らう。身長差があまりないため、慶吾のときのように息苦しさに悶《もだ》えずにすんだ。

「おかえりなさい！　もう、本当に心配してたんだからね……！」

涙声になっているのを聞き、こちらまで泣きそうになってしまう。

「ごめん、遅かったよね」

「今日のことじゃなくて！」

「ずっと慶吾と探してくれてたんだって？　心配かけて本当にごめん」

「和音が謝ることじゃないでしょ！」

久々に会った美琴は、ずいぶんと髪が伸びていた。学生の頃はボーイッシュさが勝っていたけれど、すっかり大人の女性になっている。涙の滲む目尻に、五年の歳月を感じた。

美琴はずっと和音の姉のような存在だった。鈍臭い和音をフォローし、尻込みする場面では背中を押してくれた。

「ほら、座って座って。料理はてきとうに頼んでおいたから」

まるで自分の家に招いたかのように、和音を座敷に連れていく。

座敷に上がり、それぞれ腰を下ろした。和音の正面に慶吾、そしてその隣に美琴がくるのが昔からの定位置だった。結婚報告を聞いたときも、同じ席順だったことを思い出す。

（やっぱり、お似合いの二人なのに……）

こうして並んでいるのを見ると、長く連れ添った夫婦のようだ。長いつき合いなのに、そのことにずっと気づかなかった和音が鈍すぎたのだろう。

「はい、お待たせ。突き出しはサービスだよ。芦谷くんは揚げ出し豆腐好きだったよね？」

「え、覚えててくれたんですか？　ありがとうございます！」

「常連さんの好物は忘れないよ。今日はたくさん食べていってね」

枝豆や出汁巻き卵、焼き鳥、温玉サラダとよく食べていたメニューが次々に運ばれてくる。

「勝手に頼んでおいたけどよかった？　今日は食欲ある？　和音、いつも夏バテしてたから食べやすいのにしておいた」

「俺の好きなものばっかりありがとう。全然元気だし、食欲もあるよ」

美琴は昔から和音のことを弟のように気遣ってくれる。

「飲み物はどうする？　まだノンアルコールの方がいいかな。慶吾はハイボールでよかったよね」

「ああ」

「じゃあ、烏龍茶《ウーロン》で」

何となく酒を飲む気にならず、ソフトドリンクにしてしまった。

向こうの世界での一年、アルコールを口にすることはなかった。酒がなかったわけではないけれど、生きるか死ぬかの状況で口にして感覚が鈍るのが嫌で飲まないようにしていた。

酒を飲むとすぐふわふわした気分になってしまう。いまもまだ無意識に警戒を解ききれていないのかもしれない。

「ねえ、和音。ちょっと逞しくなった？」

「えっ？　そ、そうかな」

美琴の鋭い観察眼にぎくりとする。

「前より二の腕も太くなったみたいだし、体つきがしっかりしてる気がする」

「歳取ったせいじゃないかな」

ドキドキしながらごまかす。

「歳っていうなら、全然若いままじゃない？　私なんて最近肌荒れが酷くて悩んでるのに、何なの、このツルツル肌は！」

美琴は和音の頬を摑んで左右に引っ張ってくる。

「ちょ、ひっはらないでよ！　ていうか、それは単に寝不足なんじゃないの？　念願の編集者になれたんでしょ？」

美琴の攻撃から逃れ、頬を擦《こす》る。今日は珍しく彼女もテンションが高い。

「うん、まあね」

話を振ると、美琴は嬉しそうに口元を綻ばせた。

「ずっとやりたいって云ってたけど、夢を叶えてみてどう？」

「ものすごく大変だけど、めちゃくちゃ楽しい。まだまだ試行錯誤の連続だけど、自分の作った本を読者さんが手に取ってくれてるのを見ると疲れも吹き飛んじゃう。入社して営業に配属されたときはがっかりしたけど、いまは営業も経験できてよかったたって思ってる」

「営業さんが出版社の窓口だもんね」

書店で働いていた頃、出版社の営業マンが毎日のように訪ねてきていたことを思い出す。

彼らは仕事熱心なだけでなく、純粋に本が好きな人間ばかりで、自社の出版物以外にも詳しかった。面白かった本の情報交換をするのが楽しみの一つだった。

「だから、充実はしてるんだけど、どこかの先生がなかなか電話に出てくれなくて困ってるんだよね」

「それって慶吾のこと？」

「原稿中は音を消してるって云ってるだろう」

「一区切りついたときに確認してって云ってるでしょ」

「原稿は早めに出してるし、急ぎのものはないはずだ」

「あんたが直接受けた講演とかの連絡がこっちに来るから確認してるんですけど」

「そういうのはそっちでてきとうに決めておいてくれたらいいから。まあ、もう露出も必要ないからオファーがあっても断っておいてくれ」

「そうやって面倒なことばっかり押しつけて……！」

懐かしい丁々発止のやり取りに、思わず噴き出してしまう。

「相変わらず、夫婦漫才みたいだな――あっ、ごめん！」

何気なく口をついて出た感想が失言だったことに気がついた。いまでも親しい友人関係にあるとしても、離婚に関してはセンシティヴだ。

「何でごめん？　あ、もしかして、離婚のこと気遣ってくれてる？」

「それはまあ……」

「それはそうよね。でも、ケンカしたとかそういうのはないから、全然気にしないで。本当に昔のままだから」

「そっか、それならよかった」

美琴の言葉に、どうにか作り笑いを浮かべる。

いまでも二人はツーカーに見え、むしろ離婚したことが信じられないくらいだ。彼らの間には、和音さえも割り込む隙がない。

そもそも、この二人が和音を親友だと云ってくれている事実のほうが不思議なのだ。

「それにしても、あの雑誌のグラビアは驚いた。カッコよかったけど、手の届かない人になっちゃったみたいでちょっとだけ淋しいかも」

思い切って、少しだけ本音を口にしてみる。このくらいなら、友人として抱いても許される感情だろう。

「かっこつけててすごいでしょ？　カメラマンさんがめちゃくちゃ乗せるの上手くて」

「俺は俺だ。何も変わってない。――いや、一つだけ変わったな。和音がいないと生きていけないって気がついた」

「そんなの前からでしょ。ねえ、慶吾の家で不自由ない？　暮らしにくかったらウチに来てもいいからね」

「おい、美琴」

美琴の発言に、慶吾は非難するように名前を読んだ。

「だって、あんな広い家落ち着きそうにないじゃない」

「美琴も来たことあるの？」

「引っ越しの手伝いとか原稿の受け取りとかでね。ほら、和音の荷物も運ばなきゃいけなかったし」

「そっか。二人に全部やらせちゃってごめんね」

「仕方ないでしょ、和音はいなかったんだから。でも、家具以外全然荷物なくてびっくりした。本とか服とかもっとあったと思ったのに」

「あ、あれはその、会社の近くに引っ越そうと思って、断捨離してたんだ」

「断捨離かー。私もいい加減、整理しないとな。このままだと本棚の重さで床が抜けそう」

遠くへ転勤する予定だったことは、美琴の耳には入っていないようだ。何も云わずにそっと疎遠になろうと思っていたからだ。

「――――！」

突然ざわりと鳥肌が立つ。この感覚は近くに敵意を持つ存在がいるときのものだ。

索敵能力が上がった結果、離れた場所にいる人の気配も感じられるようになった。とくによからぬことを考えている相手の動きはよくわかる。

そういえば、さっきも誰かの視線を感じた。慶吾のファンだろうかと思っていたけれど、好意があれば空気感でわかるはずだ。

こちらでは不意に襲われ命の危険に晒されるといったことはないため、普段は気を抜いていたけれど、改めて集中し感覚を研ぎ澄ますと、こちらに近づいてきているのがわかる。

「今日って他に誰か呼んでる?」

「いや、俺たち三人だけだ」

「じゃあ、ただのお客さんかな?」

さっきも店の貸し切りの札を見てか去っていった気配があったけれど、今回は躊躇うことなく店内に入ってきた。

店長と押し問答をしている声が聞こえる。やがて押し切ったのか、足音がこちらに近づいてきた。

「よお、久しぶりだな!」

座敷の襖《ふすま》がノックもなしにガラリと開かれた。金髪に色眼鏡、派手な柄のシャツにハーフパンツを合わせた男が威勢のいい声と共に顔を出す。

「あの……?」

「俺だよ、俺! 大学のとき、あんなに面倒見てやったのに忘れるなんて薄情だな」

彼の物云いからすると、大学の同級生らしい。しかし、和音にこんな友人はいなかったはずだ。だけど、どこかで見たような気もしなくもない。顔をよくよく見て思い出した。

「もしかして、根元……？」

「もしかしなくても俺だよ！　五年ぶりのご帰還のわりに元気そうじゃんか」

最初はまったく誰かわからなかったが和音と同じ学部だった根元信司《しんじ》だ。大学時代は全身ハイブランドの服で決め、キャンパスを闊歩《かっぽ》していた。

（まさか、根元と顔を合わせることになるとは……）

彼とは新入生のガイダンスで偶然隣に座ってからの縁だ。筆記用具を貸したのを皮切りに、便利に使える人間だと目をつけられてしまった。

ノートをコピーさせられたり、代返をさせられたり、人数合わせのためだけに合コンに呼ばれて二次会は置いておかれたり――そんな微妙な思い出しかない。

和音としては決して親しいつもりはなかったのに、断りきれずに使いっ走りのようなこともしていたのは秘密を握られていたからだ。


――お前、あいつのこと好きなんだろ？


同じ講義が続いていたため、やむなく根元と共に次の教室へ移動している最中、たまたまキャンパスで他学部の慶吾と鉢合わせた。

そのときの和音の反応を見て、根元は一目でそう見抜いてきた。

ごまかすこともできぬまま、口外しないよう頼んだけれど、根元は「どうしようかな」とニヤニヤと笑うばかりだった。

直接脅されていたわけではないけれど、拒絶することもできないまま舎弟のような扱いを受けていた。彼の横暴を拒めなかったのは、自分の気持ちを他言されたくなかったからだ。

だから彼が学外での活動に熱を入れすぎて留年し、そのまま中退して姿を見せなくなったときにはほっとしたものだ。

あれからずっと疎遠だった。なのに、どうしていまになって根元が和音の前に姿を現すのだろう。

(もしかして、さっきの気配――)

駅からの道のり、誰かに見られているのを感じていたけれど、あれは根元だったのかもしれない。

「どういうつもりだ?」

グラスを置いた慶吾が鋭い眼差しで睨《ね》めつける。

「偶然飲みにきたら、お前らで貸し切りだっていうから混ぜてもらおうと思ってさ」

「親しい友人同士の席なんだ。遠慮しろ」

「俺だって親しかっただろ?」

「勝手につきまとっていただけだったと記憶してるが?」

「そんなことないよな、芦谷。俺たち、友達だったじゃん。好きなやつの話とかよくしたよな?」

「……っ、そ、それは――」

思わず目を泳がせ、慶吾のほうを見てしまった。

「和音?」

これでは、まだ彼を好きだと白状したも同然だ。そして、根元はそれを脅しの材料に使ってきた。

「ほら、よく恋愛相談に乗ってくれただろ、芦谷。せっかくだし、旧交を温めようぜ」

バラされたくなければ、席に加えろ。そう云いたいのだろう。

〈魅了〉でどうにかならないかな）

一先《ひとま》ずはこの場から追い払えればいい。そう思い、目に魔力を込めて根元を見つめる。瞬きせずに五秒。

「芦谷、何黙ってんだよ」

「……っ」

どうやら根元には効果がないようだ。

個人的な感情を抱かれている相手には聞きにくい魔法だ。元々精神魔法が不得意なこともあり、和音では彼の感情を塗り替えるには力不足だったようだ。

「また昔みたいに内緒話しよーぜ」

チラチラと慶吾のほうを見ながらの言葉に、和音は屈するしかなかった。

力でねじ伏せることはできる。だけど、それでは問題は片づかないし、余計にややこしくなってしまう。

「……わかった。一人くらい増えてもいいだろ、慶吾。美琴もいいかな？」

「和音がいいなら構わないけど……」

「…………」

釈然としない顔で美琴が了承する。慶吾が黙ったままなのは、和音の意見を尊重してくれるということだ。

はっきり云って迷惑でしかないけれど、慶吾と美琴のいるこの場で和音の気持ちが暴露されたら、取り返しのつかないことになりかねない。

せっかく用意してもらった席に味噌をつけることになってしまって申し訳なかったが、わざわざ跡をつけてきた上に、こうして近づいてきた根元の目的も知りたかった。

(手の内は知っておいたほうがいい)

根元は靴を脱ぎ捨てて座敷に上がると、和音の隣にどっかりと座った。

「あ、生一つお願いします！　飛鳥井さんも久しぶり。昔、二、三回会ったけど、覚えてないかな？」

「覚えてますけど、二回すれ違っただけでしたよね？」

待ち合わせをしていた和音についてきたときに、やむなく紹介することになったのだ。いまなら断固として拒めるけれど、当時はどうしても強く出ることができなかった。

「相変わらず美人だね。いまは伊住先生の担当編集者としてバリバリやってるんだって？」

「よくご存知で」

「これでもジャーナリストの端くれですから。お、来た来た。唐揚げと刺し身盛り合わせ追加で！」

根元は当たり前のように注文した。

「そういえば、俺からのメールって届いてる？」

「え？　あ、ああ、何か来てたな」

スマートフォンのチェックをしたとき、彼からのメールが最新のものだったことを思い出した。

「んだよ、既読スルーかよ」

根元はぼやきながら、焼き鳥を手に取った。歯で肉を引き抜いて頬張り、すぐに次の串に手を伸ばす。食事を楽しむというより、空腹を満たそうとするかのような食べっぷりだ。

「その、戻ってきたばっかで余裕がなくて……」

宗教かマルチ商法の勧誘か何かだろうと思っていたことは黙っておくことにした。

「まあ、それもそうか。で、相談なんだけどさ、五年経って五体満足で見つかった奇跡の男ってことで俺のチャンネルにゲストしない？」

「チャンネル？」

「いま俺さ、配信者でちょっとした有名人なんだよ。まあ、五年もいなかったなら知らなくても仕方ないけど」

「俺も知らないな」

即座に慶吾のツッコミが入り、根元は口元を引き攣らせた。

「そりゃ、伊住先生のご高名に比べたら大したことはないけどさ。あっ、伊住ならいつでもゲスト歓迎してるから。新刊の宣伝とかさ、何か喋《しゃべ》りたいことあったら気軽に声かけろよ」

「そんなもの一文字もない」

慶吾は吐き捨てるように云う。

「そういうお誘いでしたら、編集部を通していただけますか？」

「じゃあ、飛鳥井さんの名刺くれる？」

「すみません、今日はプライベートなので名刺は持ち歩いてなくて」

美琴のほうは表向き丁寧ではあったけれど、二人ともにべもない。

「芦谷も云いたいこと色々あるんじゃないの？　雑誌で好き放題書かれてさ。自分の口で訂正したいんじゃない？」

「好き放題？」

何の話かわからず、首を傾げる。

「あれ？　耳に入ってない？　相変わらず過保護にされてるねえ。箱入りにもほどがないか？」

「下らない話をわざわざする暇がなくてね」

慶吾の表情を見る限り、あまり和音の耳には入れたくない話題だったようだ。根元の過保護という評は的を射てはいる。

「ねえ、何のこと？」

慶吾と美琴に視線を向けると、渋々といった様子で美琴が説明してくれた。

「その、和音の発見されたシチュエーションに話題性があるみたいで、変な取り上げ方をしてる媒体があるの」

「ネットの記事は見たけど……」

勇者として旅している間、根も葉もない噂を流されることは多かった。火のないところにも煙は立つし、いいほうにも悪いほうにも尾鰭《おひれ》がつくものだ。

「見てみるか？　けっこうすげー話になってるぞ」

「別にいいよ。気にしてたらキリがないし」

どんなふうに云われているのか、興味がないわけではなかったけれど、根元の思惑には乗りたくなかった。

それに世間に向けて云い訳したいことなんてない。家族と、慶吾と美琴がわかってくれていればそれでいい。

「でも、自分のせいで伊住と飛鳥井が叩かれてるのは気にならない？」

「何で慶吾と美琴が叩かれることがあるんだ？」

二人は和音のことを捜してくれていただけだ。悪く云われる意味がわからない。

「やっぱり気になるだろ？　ほら、この記事見てみろよ」

目の前にスマートフォンを突きつけられる。

「やめろ！」

即座に慶吾が根元の手を振り払う。一瞬しか見られなかったけれど、いまの動体視力では読めてしまった。

作家・伊住慶吾の話題作りのためにと和音と担当編集者である美琴が共謀して、自作自演の失踪事件を企んだのでは？　という内容だった。

「何でそんな出鱈目《でたらめ》を――」

「まあ、やっかみもあるんじゃねーの？　芦谷のご帰還でますます伊住先生の本は売れてるからな」

これまでのゴシップの中では一番露悪的だ。美琴のプロデュースが功を奏して慶吾の人気が出たのだとしても、作品に力がなければ大ヒットすることはない。

自分なら何を云われても構わない。だけど、彼らが謂《いわ》れもないことで悪く云われていることに対しては憤りを感じた。

二人の噂を否定できるとしたら、今度は自分が表に出るべきなのだろうか。

迷いを覚えてぐらぐらと揺れていると、慶吾にぴしゃりと云われた。はっとなり顔を上げる。

「耳を貸すな、和音」

（世界を救った勇者のくせに情けない）

破滅を誘う悪神よりも、いじめっ子のほうが難敵のようだ。

話しているうちに、以前に根元から受けた揶揄の数々を思い出す。当時は悪ふざけの一環だと思っていたけれど、あれは間違いなく言葉の暴力だ。

力を手に入れ、世界を救ったことで自信がついたと思っていた。だけど、こんなふうに畳みかけられると、以前の自分に戻ってしまう。

いまや力で負けることはないし、罵声を浴びせられたからといって怯《ひる》む必要はないとわかっている。なのに、根元の嘲笑混じりの声音は和音から平常心を奪っていく。

「そのへんのやつらに俺たちの情報を売ったのはお前だろう？　俺は活動中、美琴の名前は一切出したことはない」

「俺が？　証拠でもあんのかよ」

隠す気などさらさらないと云わんばかりの惚《とぼ》け方だが、確かに証拠がなければ追及は難しい。

（俺が帰ってきたから、こんなことに——）

和音の発見された状況が耳目を集めるシチュエーションだったことも、悪目立ちする原因なのだろう。

「どうせしばらくしたら、自伝でも出して映画化するんだろ？　一途《いちず》に親友を探す小説家なんて、大衆の涙を誘うもんな。何なら、俺がアドバイザーになってやってもいいぜ」

「そんな自伝は出さないし、映画になんてなるわけないだろう」

「そりゃ、ほとぼりが冷めるまではできないだろ。でも、そういう話が会社で出てるんじゃないのか、飛鳥井」

「……！」

「図星って顔してる」

「部長からそういう話は内々にされたけど、断ったに決まってるでしょ。自分たちのプライベートを切り売りする気はないわ。ああいった記事に対しても、誹謗中傷として法的に対処してる。いまは証拠を積み上げてくれてるのを待ってるところ。あなたも関わってるなら、首洗って待ってることね」

美琴の力強い言葉にほっとする。昔から美琴が一番ケンカっ早かったのを思い出す。自分だけでなく、友人が侮辱されたときも真っ先に怒り、相手に抗議していた。

でも、これで根元の目的はわかった。慶吾や和音を利用して話題になり、金を稼ぎたいのだ。

「おお、怖。いつまでも友達に守ってもらっていいな、芦谷。マジで羨ましいよ。いつまでそうやって甘えて生きてくんだ？」

「……ッ」

痛いところを突かれ、反論の言葉も出てこない。

「お前こそまともな仕事にもつかず、こうやって〝友人〟をダシにして金を稼ぐことしか考えてないじゃないか」

「動画配信だって立派な仕事だろ。ジャーナリストの端くれだ。職業差別すんのかよ」

「いまそんな議論はしていない。俺は和音を利用するなと云っているんだ。もう帰れ。次はないぞ」

慶吾の剣幕に、根元は白旗を揚げた。

「はいはい、今日のところは帰りますよ。ここは伊住先生の奢《おご》りってことでいいよな？　あ、それと飛鳥井が領収書切ってくれる？」

「いいから行け」

「今日はご馳走《ちそう》様でーす。あ、これ俺の連絡先な」

名刺を和音の前に置き、踵《かかと》の潰れたスニーカーを履いて店を出ていった。

まるで嵐が去ったあとのようで、どっと疲れを感じる。

「相変わらず無礼な男だ。あの調子じゃ諦めてないな」

「ああいうのが一番面倒なのよね。どこかに所属してるなら会社から抗議を入れられるんだけど」

「ごめん、俺のせいで」

根元の同席を許してしまったのは、和音が慶吾たちに隠しごとがあるやましさからだ。彼もある程度空気を読んでくれるだろうと期待したのも間違っていた。

(俺の往生際が悪いせいで、二人に嫌な思いをさせてしまった)

墓場までの秘密のつもりなら、ポーカーフェイスで否定できるくらいにならなければダメだ。

「和音が謝ることはないが、あんなやつにまで親切にする必要はないからな」

「う、うん」

「ろくに食べてないだろう？　今日は和音が主役なんだから、しっかり食べろ」

慶吾は和音の取り皿にあれこれと料理を取り分け、明るい空気に変えようとしてくれる。

「あれ？　この財布って根元の？」

ふと横を見ると、座布団の上に黒い革の財布が落ちていた。さっき立ち上がったときにポケットから落としたのかもしれない。

「店長に預けておけ。気がついたら取りにくるだろ」

「まだ近くにいるだろうから渡してくるよ」

「和音、あいつのためにそんなことしなくていい」

「あとで財布知らないかって連絡来るのも面倒だろ。すぐ戻ってくるから大丈夫」

いくらいけ好かないやつでも、財布がなければ困るだろう。手渡して戻るなら、そう手間ではない。

和音はサンダルを引っかけ、店の外へと急いだ。

(どっちに行ったかな？)

外に出ると、あたりはすっかり暗くなっていた。周囲を見回し、すぐそこでタバコを吸っている根元を見つけてぎょっとした。

「やっぱり来た」

「え？」

「マジでお人好しだよな。お前のそういうところ、すげー便利だけど苛つく」

根元は薄ら笑いを浮かべながら、手を差し出した。根元は和音を一人誘《おび》き寄せるために、わざと財布を忘れていったふりをしたようだ。

慶吾がいい顔をしなかったのは、根元の企みに薄々気づいていたからかもしれない。

「……じゃあ、これは交番に届けてくる」

少し行った先の小学校の傍に小さな交番がある。少しくらいは意趣返しをしてもいいだろうと踵を返した。

「ごめんごめん、悪かったって。持ってきてくれて助かったよ」

ヘラヘラと謝ってくる様子も業腹だが、早く慶吾たちの元に戻りたくて財布を根元に放り投げた。

今度こそ立ち去ろうとした瞬間、根元の言葉に足を止めさせられた。

「なあ、知ってるか？　慶吾たちの離婚の理由」

「……さあな、俺が詳しく訊くことでもないし」

どうせ自分を動揺させるために、その話題を出してきたのだろう。何度も思いどおりにはならないと態度で示そうとしたのにダメだった。

「お前だよ」

「……！」

嘲笑《あざわら》うように云われた言葉に息を呑む。だけど、正直なところ驚きはそれほどでもなかった。

「行方不明の親友の捜索に熱を入れすぎて、夫婦生活が疎《おろそ》かになってすれ違いになったらしい。まあ、想像はつくよな」

プライバシーに関わることだし、下手な憶測を口にするのはよくないからと確認はしていなかったけれど、もしかして、と思っていたことだ。

離婚したと聞いたときに一瞬嬉しい気持ちになってしまった自分を思い出して罪悪感に駆られる。

「いまとなってはその原因も解消されたし、またよりを戻すかもな」

「……そ、それはいいことなんじゃない？」

喉の奥にモヤモヤとした重たいものが閊《つか》えているような感覚がして、声が掠《かす》れてしまった。

「本当にそう思ってるのか？」

「あ、当たり前だろ！」

「気持ちが伝わらなくても、見ているだけで充分だって？　きれいごとも大概にしろよ。お前の態度見てたら一目瞭然だっつーの。まだあいつのことが好きで好きで堪らないんだろ？　いい加減、一途すぎて気持ち悪いよな」

「根元には関係ない」

自分でもわかっている。気持ちを隠して、友人として傍に居続けようとするなんてストーカーめいている。

諦めていると云いながら、いつまでも未練がましい。こんな気持ちを抱いていると知ったら、きっと慶吾も気持ち悪く思うに違いない。

「関係ないなんて冷たいこと云うなよ。俺たち、友達だろ？　何か話したいことがあれば、連絡しろよ。お前の複雑な事情がわかるのは俺くらいだろ？」

そう云って、さっき返した名刺を手の中に握らせてくる。

自分を支配しようとする人間の判断はつくようになった。一見、それらしいことを云っていても、相手をコントロールするための布石だとわかる。

（気持ち悪くて何が悪い）

振り向いて欲しいなどと考えてはいないし、この想いは墓場まで持っていくつもりだ。だけど、もしも慶吾に知られてしまったときの身の振り方くらいは考えている。

昔のように彼の脅しに屈する気は欠片もない。だけど、刷り込まれた力関係が反射的に心を不安定に揺らす。

「……お前を友達だと思ったことは一度もない」

絞り出すように告げると、根元は興を削がれた様子で鼻先で笑った。

「あ？　可哀想《かわいそう》だと思って優しくしてやったら、調子に乗りやがって。そうだよ、お前なんて友達でも何でもねーよ。せいぜい、便利なペットってところか？」

「……だと思った」

根元にはっきりと云わせることができて、些《いささ》か胸がすいた。

「伊住にとっても、似たようなもんじゃねーか。囲い込んで大事に可愛がるだけなんて、それって友達って云える？」

「そんなこと――」

「あるわけないって云えるか？　お前が可哀想で同情したくなるような人間だから優しく大事にしてもらってるんじゃね？　野良猫に餌をやると、いいことをした気がして気持ちがよくなるだろ。あれと一緒でさ」

「……っ」

庇護《ひご》されるばかりの自分を振り返り、和音は俯《うつむ》いた。

目の前の小石を丁寧に取り除き、水たまりは抱えて歩く――再会してからの慶吾は和音を壊れもののように扱っている。そんな関係は本当に〝友人同士〟と云えるのだろうか。

「けど、お前だって気持ちを隠して親友面してるんだから、お互い様だな」

根元がわざと傷つけようと攻撃的な言葉をぶつけてきているのはわかっている。気にしたら負けだと承知しているが、心にはざくざくと鋭いものが突き刺さっていた。

拳をさらに強く握りしめた瞬間、ビリッと空気が震える。ざわりと全身の産毛が逆立った。

（まずい）

魔力が漏れている。感情が乱れると、魔力も不安定になる。精神力で形作っている〝器〟が脆弱《ぜいじゃく》になるのだ。

箍《たが》が外れて魔力が暴走してしまった場合、こちらの世界ではどう発動するのかわからない。

魔力の制御は、まず自信を持つことが大事だと師匠が云っていた。気持ちを大きく構えることで、体の中にある〝器〟が大きくなり安定するのだそうだ。

深呼吸をし、必死に精神統一を図るけれど、上手くいかない。自分の中に渦巻いているどろどろとした黒い感情をどうすることもできなかった。

「……ッ」

街灯がバチバチッと火花を放ち、居酒屋の前に置かれた看板の灯《あか》りが明滅する。和音の魔力を一度に解き放つと、山が吹き飛んでもおかしくないと師匠には云われた。

このまま魔法が暴走して大惨事になったら、ここにいる人たちに危害が及ぶ。

「な、何だ？」

根元も周囲の変化に気づいたらしい。不穏な空気に戸惑いを見せる。

元の世界に帰ってきて、自分が災厄の原因になるなんてあってはならない。しかも、こんな身勝手な感情で。

（どうしよう、どうしたらいいんだろう）

焦れば焦るほど、混乱してくる。命の危機でさえ、こんなにも感情が掻き乱されることはなかった。

握りしめた手の平はじっとりと脂汗が滲んでいる。

バンッと破裂音がして、一番近い場所にあった店の看板の灯りが消えた。電球がショートしてしまったようだ。

暴発しそうな力を抑え込むため、息を止めて体に力を入れる。息苦しさに耐えかねた次の瞬間、強《こわ》張《ば》った肩を力強く抱かれた。

「え……？」

顔を上げると、慶吾が心配そうな面持ちで和音を見つめていた。肩に感じる手の平の温かさに、和音は落ち着きを取り戻す。

「顔色が悪い。なかなか戻ってこないから様子を見にきたんだ。大丈夫か？」

戻りの遅い和音を心配して慶吾が様子を見にきてくれたようだ。

「だ、大丈夫。街灯が消えて驚いただけだよ」

因果関係は逆だが、いまはそう云うしかない。

慶吾が来てくれなければ、一大事になっていた。動揺させられたくらいで魔力の制御が覚束《おぼつか》なくなってしまった自分の未熟さに恥じ入った。

「一瞬、停電したみたいだな。変電所に雷でも落ちたのかもな」

「そう、かもね」

自分が精神的に不安的になったせいだとは云い出せず、気まずさを押し隠した。

「騎士《ナイト》がお迎えにきたか。遅かったな」

「子供みたいな手で和音を引っかけるのはやめろ」

慶吾は肩を抱いていた和音を自分の後ろに押しやり、根元へと忠告する。

「でも、成功しただろ？　お人好しの芦谷なら放っておけないだろうなって思ったんだよ」

しゃあしゃあと嘯く根元を慶吾は冷ややかに睨み返す。

「二度と和音に近づくな。何か云いたいことがあるなら俺を通せ」

「まるでマネージャー気取りだな。こいつがそんなに大事？」

「ああ、もちろんだ」

「！」

慶吾は間髪入れずにそう答えた。その真っ直ぐさが嬉しくて、いまは少し苦い。


——それって友達って云える？


さっきの根元の言葉が脳裏にこびりついて離れない。

可哀想で同情したくなるような人間だから——それを否定しきれない自分が嫌になる。

「なあ、伊住。お前も芦谷に話してない秘密があるんじゃないのか？」

「もしもあったとして、お前に何の関係が？」

問いかけを慶吾は否定も肯定もしなかった。彼は言葉を大事にしている。こんなふうに答えるということは『ある』ということだ。

(俺に秘密？)

好き勝手に書かれた記事のことを和音に隠していたけれど、あれは秘密というほどのものではない。

誰だって人には云えない何かを持っている。根元はきっと鎌をかけただけなのかもしれない。

「別に。みんな隠しごとばっかりだと思ってさ。じゃあ、またな」

根元は思わせぶりな言葉を投げかけ、ひらひらと手を振りながら暗闇に消えていった。和音は詰めていた息をようやく吐き出すことができた。

「あいつから連絡が来ても、今後一切無視するんだぞ。何を考えてるかわからないからな」

「う、うん、気をつける」

後ろめたさで胸が痛む。自分の曖昧な態度で、慶吾たちに迷惑をかけてしまった。

「美琴が痺れを切らせて待ってるぞ。戻って飲み直そう」

「そうだね。やっぱり、俺もお酒飲もうかな」

「思う存分飲めばいい。帰りのことは気にするな。潰れたら俺がおぶって帰ってやる」

「本当にいいの？　遠慮しないからね」

軽口を叩き合いながら、淀《よど》んだ苦い感情は胸の奥に押し込んだ。

11

規則正しい振動が心地いい。

いつの間にか眠っていたようだ。意識がぼんやりと覚醒してきたけれど、まだ微睡《まどろ》みからは抜け出せない。

和音は温かくていい匂いのするものにしがみつき、鼻先を擦り寄せる。

「目が覚めたか？」

慈しむような声音が聞こえる。

「和音があんなに飲むなんて珍しいな。潰れたところを見たのは初めてじゃないか？」

「慶吾……？」

「まだ寝てていい――と云いたいところだが、俺のポケットからスマホを取り出してくれないか？玄関を開けたいんだ」

「スマホ……？」

何故わざわざスマートフォンをポケットから取り出すよう頼んでくるのだろうかと疑問に思いかけ、慶吾の発言の理由に気がついた。

彼はいま、和音を背負っているせいで手が離せないのだ。

「ごごごごめん！　いま降りるから！」

血の気が引くと共に、一気に意識がはっきりする。

根元が帰ったあと、罪悪感を薄めようとして飲みすぎてしまった。後半、絡み酒になっていた。それ以上はやめたほうがいい、という慶吾たちを押しきり、追加の日本酒を口にしたところまでは覚えている。

「慌てなくていい。降ろすから、足下気をつけろよ」

慶吾の背中でパニックになっていると、笑い混じりに宥《なだ》められた。

「う、うん」

広い背中から滑り降りるようにして足を床につけると、思ったように力が入らなかった。

「うわっ」

バランスを崩し、再び慶吾の背中にしがみついてしまう。

「何度もごめん」

「謝らなくていい。真っ直ぐ歩けないんだから、俺にしがみついてろ」

慶吾は和音の腰に手を回し、支えてくれる。スマートフォンを操作し、玄関を開けるとすでに空調が効いていた。ひんやりとした空気が、和音を少しだけ冷静にしてくれる。

(酔っ払ってる間、まずいこと云ったりしてないよな……?)

記憶を消す上級魔法を習っていたら、即座に使っていたところだ。慶吾と美琴にだいぶ絡んでしまったような気がする。

「本当にごめん。せっかく開いてくれた席なのに、あんな迷惑かけて……」

「迷惑なんて思ってない。羽目を外す和音なんて珍しいもの見られて楽しかった」

「うう、できたら忘れて……」

「忘れないよ。和音のことは何にも」

不意に真剣な響きで告げられる。

「ほら、部屋についたぞ。パジャマに着替えるか？」

「いい、このままで。シャワーは明日浴びる」

まだ足下がふわふわしている。バスルームで立っていられる気がしない。

「俺が風呂に入れてやろうか？」

「慶吾が？　い、いいよそんな。あとはもう大丈夫だから」

「和音、危ないっ」

慌てて慶吾から離れようとした弾みに足が絡んでしまった。どうにか踏ん張ろうとしたのが、仇《あだ》となった。

助けようとした慶吾を巻き込み、二人まとめてベッドに倒れ込んでしまった。

「うわ！」

「ふぎゃ」

仰向《あおむ》けに倒れた慶吾の胸に鼻をぶつけて、間の抜けた声を上げた。

「ああもう、ごめん、慶吾！　大丈夫だったか？」

「俺は大丈夫だ。和音こそ、どこもぶつけてないか？」

「うん、ベッドの上だし全然平気——」

慶吾がじっと見つめていることに気づき、静かに息を呑む。こんなふうにお互いを見つめ合うのは初めてのことかもしれない。

長い睫毛《まつげ》に切れ長の目。無表情だとちょっと怖いと云われていたこともあったけれど、その瞳が思慮深さをたたえていることを知っている。

その瞳に吸い込まれるように引き寄せられ、引き結ばれた薄い唇に自分の唇を重ねられてしまった。

「————」

体の芯を甘い痺れが駆け抜ける。初めてのキスは柔らかくて熱くて、不思議な感触だった。慶吾は和音の唇を食《は》むようにして口づけを深くしてくる。

舌先が触れ合った瞬間、ぞくぞくっと甘い震えが電流のように走り抜け、慶吾が弾かれたように距離を取った。

「すまない、間違えた」

「え？」

間違えたとはどういう意味なのか。

（美琴と？）

そう考えたら、すーっと血の気が引いた。

まさか、美琴の身代わりにされるなんて。だけど、彼女から引き離してしまったのは他でもない自分だ。

――だけど。

これは千載一遇のチャンスかもしれない。

悪魔が耳元で囁《ささや》く。身代わりだとしても、慶吾と触れ合える機会などきっともう二度とない。

「……間違いでもよくない？」

震える声でそう訊ねる。

「え？」

いまなら酒のせいにできる。そう自分に云い聞かせ、再び和音から慶吾に口づけた。戸惑う気配を感じたのも束《つか》の間《ま》、慶吾はすぐに舌を捩《ね》じ込んできた。

「んん……っ」

さっき抑え込んだ衝動をぶつけるように、慶吾は和音の口腔《こうこう》を荒々しく掻き回す。和音の舌を吸い、甘噛みし、執拗《しつよう》に貪った。

ざらつく表面が擦れ合うたびにぞくぞくと快感が走り、体の芯から熱くなる。キスはこんなに気持ちがいいのだと初めて知った。

もっと、もっと、もっと。

蕩《とろ》けるような熱を求めて貪り合うような口づけを交わし、お互いを掻き抱く。

「本当にいいのか？」

「いいから、もっと」

離れていった唇が名残惜しくて思わず口にしてねだると、噛みつくようにキスをされた。慶吾は和音をベッドに押し倒し、さらに口づけを深くする。

息苦しさが限界を迎えてやっと、唇を解くことができた。

慶吾は濡れた唇を舌で拭い、独りごちるように呟いた。

「ずっと和音のことは何でも知ってると思ってたけど、こんなに大胆なところがあったんだな」

慶吾は自分のシャツをもどかしげに脱ぎ捨て、和音のTシャツを捲《まく》り上げる。

「あ……っ」

思わぬ場所に濡れた感触がする。乳首を舐《な》められているのだと気づき、さらに顔が熱くなった。慶吾は小さな尖《とが》りを舌の上で転がし、硬くなったそれに歯を立てる。

「ん、あ、や……っ」

もう一方も指先で捏ねられ、弄《いじ》られている場所だけでなく下腹部までむずむずしてくる。思わず膝を摺《す》り合わせていると、ズボンのベルトを外され、下着ごと押し下げられた。

抱かれる覚悟はあっても、恥ずかしさがなくなるわけではない。すでに勃《た》ち上がりかけていた自身が露わになり、カッと顔が熱くなった。

「あ、あんまり、見ないで……」

いまさら部屋の電気がついていることが気になってきた。露骨に反応している自身を見られるのも居たたまれないし、ものすごくやばい顔をしているはずだ。

「や」

「ダメだ、ちゃんと見せて」

そこを隠す間もなく、慶吾が手を伸ばす。根元から先端に向かって指先でなぞり上げられ、ひゅっと息を呑んだ。

「……ッ」

和音のそれはふるりと震え、さらに硬くなる。形を確かめるように全体を撫でられているうちに、これ以上ないほど張り詰めた。

「んっ、う」

緻密で大胆な物語を紡ぎ出す長い指が、和音の欲望を包み込んだ。壊れもののように優しく撫でられたかと思えば、強く擦られる。

「あ、や、あ、あ……っ」

慶吾は苦しくなったのか自分のベルトを外し、ウエストを緩めると、張り詰めた自身を引っ張り出した。

「！」

直に目にするそれは想像以上の迫力で、思わず喉を鳴らしてしまう。酒の勢いを借り、普段なら云うこともできない願望を口にする。

「俺も触りたい」

「ああ」

掠れた返事に押され、慶吾のものに手を伸ばす。最初に感じたのはその熱さだった。そっと包み込んだ瞬間、ぐっと硬くなる。

「……っ」

腰を寄せられ、お互いの欲望が重なり合う。敏感な部分が触れ合う感触にぞくぞくと背筋が震えた。

慶吾は二人ぶんのそれと和音の手をまとめて握り、我慢できないと云わんばかりに乱暴に擦る。

「あ、あっ、んん、ぁん」

粘膜同士が擦れ合う気持ちよさに加え、巧みな指遣いが和音を追い立てる。膨れ上がる快感に思考が霧散していく。

「や、だめ、あっあ、あ、あ……！」

体液の滲んでいた先端を抉《えぐ》られた瞬間、呆気《あっけ》なく終わりを迎えてしまった。

和音を追うように、慶吾も白濁を吐き出した。生温かいものが腹部を濡らす。解放感に浸りながら浅い呼吸を繰り返す。

余韻に浸って意識を飛ばしかけていたら、あらぬ場所に濡れた感触がした。

「⁉」

反射的に顔を上げると、足に絡んでいたズボンと下着は抜きとられていた。

「大丈夫、痛くはしない」

「んっ」

慶吾は和音の腹部に散った二人ぶんの白濁を指で掬《すく》うと、後ろの窄《すぼ》まりに塗りつけてきた。身構える間もなく、くぷりと指先が入り込んでくる。

幼い頃から数多の小説や漫画を読んできた。そのせいで耳年増《みみどしま》と云ってもいいだろう。だから、慶吾が何をしようとしているかすぐに察しがついた。

だけど、実際に自分の体で体験することがこんなにも生々しいだなんて、いまのいままで知らなかった。

「うそ……」

「嫌ならやめる」

そう云われて、咄嗟《とっさ》に首を横に振った。慶吾が望むことは何でも叶えたいし、和音自身も求められるのは嬉しかった。

「は、初めてだから驚いただけ」

「俺だってそうだ」

「え？」

一瞬驚いたけれど、同性との行為は初めてでもおかしくはない。

「痛かったり、不快だったら云ってくれ」

小さく頷《うなず》くと、慶吾は奥に指を進めてくる。

「……ッ、ン」

体液に濡れた指は抵抗感なく入り込んできた。慶吾は窮屈な場所を押し広げ、強張りを揉みほぐしていく。和音は体の中で異物が蠢《うごめ》く違和感に眉根を寄せた。

「あっ」

慶吾は和音の反応を見ながら、巧みに中を探ってくる。やがて、とくに敏感な場所を探し当てられた。そこを強く刺激されると、びくりと体が跳ねる。

弱点を見つけた慶吾は同じ場所を攻めてきた。

「あ、あ……っ、んっ」

体内を掻き回されているうちに、下腹部の疼きが激しくなってくる。もっと確かな刺激が欲しい。浅い呼吸を繰り返しながら視線を巡らせると、腹筋につきそうなほど反り返った昂《たか》ぶりが目に入った。

さっき触れたから、その熱さも大きさも知っている。

「ねえ、もういいから……っ」

「あんまり急かすな、和音」

「でも、欲しい」

「……っ」

和音がねだると、慶吾は喉の奥で呻《うな》った。

「くそ」

慶吾が汚い言葉を口にするのを初めて聞いた。余裕のない声音のあと、蕩けるくらいしつこく解された場所に切っ先を押し当てられた。

その熱さにひゅっと息を呑むと同時に先端が入り込む。

「……！」

凶暴なほど猛《たけ》った屹立《きつりつ》が和音の中に押し入ってきた。蕩けそうに熱く、擦れ合う粘膜が気持ちよさそうにひくついている。

慶吾は和音の腰を摑んで押さえ、体重をかけるようにして自身を根元まで押し込んだ。

「あ、あ…あ……」

その衝撃で軽くイッてしまい、先端から体液が零れてしまった。達した弾みに昂ぶりを締めつけてしまう。

（熱い）

体の内側で熱塊が激しく脈打っている。まるで心臓がもう一つあるみたいだ。いま、自分の中に慶吾がいる事実が、目が眩《くら》むほど嬉しい。

これ以上ないほどに昂ぶり、すぐにでも暴れ出したい衝動を抑え込んでいることが伝わってくる。

「痛くないか？」

「ん、だい、じょうぶ……」

圧迫感はすごいけれど、痛みはない。充足感に満ち、

「和音の中、気持ちいい」

「ほんと……？」

「熱くて溶かされそうだ。早くめちゃくちゃにしたい」

「……ッ」

不穏な言葉にぞくぞくと背筋が戦《おのの》く。

慶吾は狭くなった和音の中から自身をぎりぎりまで引き抜き、再び奥まで穿《うが》つ。大きな抜き差しを

繰り返され、快感に腰が蕩けていく。

「痛くないか？」

「へいき、きもちい――あっ！　ぁん、んんっ」

力なく首を横に振り、本音を告げると責め立てが激しくなった。そのまま繰り返し奥を突き上げられ、そのたびに昂ぶりの先端からは蜜が溢れ出る。

半分浮き上がった体がシーツの上を泳ぎ、最奥を穿たれるたびに陸に打ち上げられた魚のように跳ねた。

好きな人に身も世もなく求められ、めちゃくちゃに蹂躙《じゅうりん》されることが、こんなにも気持ちがよくて幸せなのかと堪らなかった。

「すき、あっあ、あ、あ、あ……！」

荒々しく掻き回されて蕩けて混じり合い、お互いの境目がわからなくなっていく。動きはさらに激しさを増し、慶吾の肌を伝う汗が和音に滴《したた》り落ちる。

「や、あ、ぁあ……っ」

高みへと追い立てられ、目の前がチカチカとハレーションを起こす。和音は下腹部を震わせながら、白いものを吐き出した。

深々と穿たれたものをキツく締めつけてしまう。

「和音――」

慶吾は和音の名を呼び、びくびくと震えながら和音の中で果てた。熱い欲望を体の奥に注ぎ込まれ、和音の体も甘く震える。

終わりを迎えたはずなのに、まだ疼きが治まらない。戸惑いながら慶吾の顔を見ると、彼もまた余裕のない表情を浮かべていた。

「……だ」

「え？」

熱に浮かされた状態だったせいで、慶吾の言葉を聞き逃してしまった。訊き返す前に唇を塞がれ、汗の塩辛い味が舌の上に広がる。

蕩けるような口づけは、再び体を疼かせる。和音の中にいる慶吾も興奮冷めやらない様子だった。

和音も彼の背中に腕を回し、きつくしがみついた。

12

「本当にごめん……！」

事が終わり、勧められるがままにシャワーを浴びているうちに正気が戻ってきた。

最初はアルコールの勢いで、途中からは与えられる熱に浮かされていたけれど、素面《しらふ》に戻ったいま血の気が引いている。

夢だと思いたかったけれど、体中に残る痕跡とあらぬ場所がひりついている事実からは目を逸《そ》らすことができなかった。

（土下座で許されるだろうか）

逃げ出したい気持ちをどうにか堪え、意を決して部屋に戻った和音は床に両膝をつき、深々と頭を下げた。

「どうして和音が謝るんだ？　そんなところに座ってないでこっちに来い」

引っ張り上げられるようにしてベッドに座らされる。

「だって、俺が、その、襲ったようなものだし……」

唇をぶつけるだけのキスに応えてくれただけだ。その先のことは成り行きというか、酒の勢いによるものだ。

「和音は後悔してるのか？」

「え？　後悔なんてことは……」

真顔で聞かれ、目を泳がせる。こんなに気持ちのいいことがこの世に存在しているなんて想像したこともなかった。

後悔の意味合いにもよる。取り返しのつかないことをしてしまったことは悔いているけれど、慶吾に抱かれたことに後悔はない。

和音にとっては、キスもセックスも生まれて初めてのことだ。むしろ、一生縁のないことだろうと思っていたから、夢想することもなかった。

お互い一回では飽き足らず、獣のようにしつこく求め合ってしまった。

あんなに恥ずかしいことだとわかっていたら、酔っ払っていたとしても自分から誘うような真似はできなかっただろう。

「それならよかった。むしろ、謝るべきは俺のほうだろう？　自制が効かなくて無茶をさせたと思う。すまなかった」

「慶吾は悪くないって！　体はどこも痛くないし、や、優しくしてくれたし……」

むしろ、夢のような時間だった。羞恥と申し訳なさと罪悪感は消せないけれど、和音にとっては据え膳を頂いたようなものだ。

「痛いところはないか？」

理性が戻り、気まずさと気恥ずかしさで身悶えている和音をよそに、慶吾は当たり前のような顔で体を気遣ってくれる。

「そ、そういうのは全然！」

体のあちこちに、触れられた感触が残っている。意識するとその部分から、また甘い疼きが生まれてしまいそうになる。

「もう二度としたくないか？」

「そんなことない！　めちゃくちゃしたい！　……え？」

反射的に答えてしまったけれど、いまの質問は何だったのだろう。

「次はちゃんと準備しておく」

「へ？」

次とはどういう意味なのか、ものすごく気になりはしたけれど、追及すればやぶ蛇にもなりかねない。いや、しかし、きちんと確認しておく必要があるのでは。

（慶吾はどういうつもりなんだろう）

本人が云うように後悔しているようには見えない。だけど、ただの友人と一夜の過ちを犯してしまった場合、普通は気まずさを覚えるものではないだろうか。

一つ云えるのは、慶吾が少し変わっているということだ。少なくとも彼にとって、和音との行為はもう一度してもいいくらいには〝悪くはなかった〟ようだ。

その昔、恋愛をする意味がわからないと云っていたこともある。しかし、離婚したとは云え、美琴とは結婚していた。

慶吾は基本的に合理主義者だ。無駄だと思うことは絶対にしないし、利益になると思えばどんなに回り道になることでもやっていた。

結婚も恋人として時間を過ごすなら、すぐに籍を入れてしまおうと思ったのかもしれない。

(だから、二人がつき合ってる気配がなかったのかも)

そう考えると、結婚を知らされるまで和音が気づかなかったことも納得がいく。

慶吾も成人男性の一人だ。欲求不満を抱えることもあるだろう。しかし、風俗などで解消することを好ましく思わないタイプだ。

かといって、そのために恋人を作ることも不誠実だと考えるだろう。そんなとき、後腐れのない相手がいれば一番いい。

(それに俺が合致したとか?)

嫌悪感なく触れられ、それなりの好感を抱き——友人としてだろうけれど、お互いの欲求を解消できるなら何も云うことはない、ということかもしれない。

いわゆる〝セフレ〟という関係が自分たちの間に足されたと捉えるのが一番納得がいく。慶吾のほうも、利害関係が一致したのだと受け取ったのではないだろうか。

同性として衝動を覚えることがあるのは理解できる。

いままで和音は我慢できないほどの欲求に襲われたことはないけれど、あんな感覚を知ってしまったいま、衝動に襲われたときに自ら慰めるだけで満足できるかわからない。

同居している気心の知れた旧友と合意の行為ができるなら、一番効率的に衝動を解消することができる。

ぐるぐると考え込んでいた和音は、ふと見つめられていることに気がついた。

「慶吾？」

思い詰めたような眼差し。彼もまた、口にする言葉に迷いがあるようだった。やがて、決意した様子で慎重に切り出した。

「──和音。本当にこの五年のことを何も覚えてないのか？」

「……それは……」

いつか訊かれると思っていた質問を投げかけられ、小さく息を呑む。慶吾にとっては、そのことのほうが大きな問題なのだろう。

「辛いことがあったなら内容は云わなくていい。だったら、そうとだけ告げてくれ。ただ、嘘だけは吐かないで欲しいんだ」

向こうでのことは墓場まで持っていくつもりだった。けれど、慶吾の言葉に心が揺らぐ。

何もかも話したい。だけど、話すのは怖い。

相反する気持ちの間で彷徨《さまよ》ってしまう。

「……慶吾は俺が荒唐無稽なことを云っても信じてくれる？」

「ああ、もちろんだ」

「た、例えばだけど、俺がいなかった間、実は異世界に召喚されてその世界を救ってきたって云ったらどうする？」

仮の話に、真実を混ぜてみた。

慶吾に嘘は吐きたくはないし、彼が自分を信じてくれていることに疑いはない。だけど、真実をすんなり受け入れてもらえる自信もない。だから、冗談めかして問いかけた。

「和音がそう云うなら信じる」

「本当に？」

「ああ、和音に誓ってもいい」

「俺に誓ってどうするんだよ」

真顔で告げられた言葉に笑いを誘われる。

「神なんて信じてないし、世界で一番尊敬してるのは和音だから」

「なっ……他にも誰かいるだろ！　江戸川乱歩《えどがわらんぽ》とかアガサ・クリスティーとか！」

無神論者だとしても、ミステリマニアだった慶吾には信奉している作家がたくさんいる。誓いを立てるなら、まず彼らの誰かのほうが相応しいのではないか。

「彼らの作品は唯一無二の素晴らしいものだけど、人間性は知り得ないから選択肢に入れられない」

「いまさらだけど、慶吾って変わってるよな……」

至極真面目に告げられ、改めて感心してしまう。

彼の中には真っ直ぐに通った芯があり、周りの意見に流されることはない。そうやって揺らぐことがないのは、自分に自信があるからだ。

「いまさらすぎるな。けど、和音がそんなふうに云うってことは、それが真実なんだろう？」

「……！」

「一体、何があったんだ？」

和音は迷いを振り切り、覚悟を決めて口を開いた。

「慶吾たちの結婚式の帰り、公園にいたら空がいきなり光ったんだ。驚いてるうちにその光りに飲み込まれて……気がついたら知らない場所で大勢の人に囲まれてた」

気を失っていたのか、世界を越えたときの記憶はない。

あれは儀式用の礼服だったのだろう。金糸で刺繍《ししゅう》が施されたローブのようなものを身に着けた人々の中心に、キルスがいた。

パニックに陥る和音に、辛抱強く状況を説明し、助けてくれと頭を下げてきた。

「……俺は異世界に召喚されてたんだ」

緊張で口の中がカラカラになる。慶吾の様子を息を詰めて見守っていた和音は、帰ってきた反応に拍子抜けした。

「異世界で何をしてきたんだ？」

「何って……い、一応、世界を救ってきた」

生唾を飲み込んで、真実を告げる。世界を救うなんて大それたことを、自分で口にするのは正直恥ずかしい。

何を云ってるんだと笑われてもおかしくはないし、自分でも何を云っているのだろうという気分にもなる。それなのに。

「それはすごいな！」

慶吾はすんなりと信じてくれた。

「本当に信じてくれるの？」

「和音が嘘を吐こうとしたなら、もっと現実味のある話をするはずだ。そんな荒唐無稽な話、事実じゃなかったら出てくるはずがない」

「慶吾、詐欺に引っかかったりしてない？　ちょっとは疑ったほうがいいと思う。俺のふりした詐欺師から電話が来たら騙《だま》されるんじゃないの？」

信じてもらえて嬉しいが、些か不安になる。

「俺が和音の声を聞き分けられないわけないだろう」

「詐欺には引っかからないとしても、俺がおかしくなってることは考えないわけ？　頭を打って幻覚でも見てたのかもしれないし……」

「そういう可能性もあるな。だけど、和音が見つからなかったのが、この世界にいなかったせいだっていうなら、これまでのことも色々納得がいく」

「納得？」

「そもそも失踪したときの状況がおかしかった。貴重品は残ってたし、揉めた形跡もない。しつこく訴えて投入してもらった警察犬もベンチの近くから離れなかった。食べ物の匂いがしたからだろうって担当者は云ってたけど、そんな素振りは見せてなかった。あの場から瞬間移動したとしか思えない状況だったんだ」

「そこまでしてくれてたの⁉」

「手がかりが摑めるなら何だってするさ。あの刑事が云ってたみたいに本当に神隠しにでも遭ったんじゃないかって思ってたよ。オカルトなんて信じたことないけど、和音が俺の前から姿を消す以上に不可解なことなんてないからな。何だってあり得ると思ってた」

「——信じてくれてありがとう」

心にのしかかっていた重石《おもし》がふっと軽くなった。

この一年は本当に大変だった。辛くもあり、楽しくもあった。新たな自分にも出逢うことができた。そのたびに慶吾の顔が浮かび、話をしたくて堪らなかった。

「俺こそ、話してくれて嬉しい。以前よりも体つきもしっかりしてるし頼もしく見えたのは、そんなに大変なことがあったからなのかもな」

「まるで漫画かラノベみたいだよね？　すぐに元の場所に帰すこともできるって云われたけど、世界が滅びそうだって云われて放っておけなかったんだ」

もう一つ、帰らなかった理由がある。

それは失恋の傷が癒えていなかったからだ。どうせ姿を消すつもりでいたのだから、知らない土地で誰かの役に立てるならと彼らの手を取ったのだ。

（このことだけは慶吾には云えない）

半ば自棄になっていたからこそ、危険な戦いに挑めたのだ。

「具体的には何をしてきたんだ？」

「向こうの時間で大体十年くらい前に、大昔に封印された悪神が大地震をきっかけに復活したらしい。

暴れ回ったりするような怪物じゃなくて、そうだな、汚染物質の発生源のような存在というか。そこにいるだけで、世界を浸食していってた」

悪神にとって人間は小さな羽虫のようなものだ。目の前を煩わしく飛びさえしなければ、直に潰されることはない。

だが、そのまま手をこまねいていれば確実に世界は崩壊する。あちこちで多発する自然災害、凶暴化する獣たち、広がる疫病――。

和音に白羽の矢が立ったのは、悪神を封じるための魔力の波長が唯一合致する人間だったからだ。しかし、波長が合うからといって付け焼き刃でどうにかなるわけではない。

肉体を鍛え、魔力のコントロールを学び、悪神の眷属《けんぞく》たちを倒していきながら悪神の力を削ぎ、どうにか封じ込めることができた。

相打ちも覚悟していた決戦でどうにか生きて帰ってこられたのは仲間たちのお陰だ。人間の力はそれぞれ小さいけれど、協力し知恵を絞ることで何倍もの力を発揮することができる。

過酷な一年のことを掻い摘《つま》んで話すと、慶吾に強く手を握られた。

「よく生きて帰ってこられたな」

「それは幸運だったんだと思う。それと――慶吾に会いたかったから」

何度も逡巡《しゅんじゅん》したあと、思い切って本音を告げる。このくらいなら、和音の恋心に気づかれることはないだろう。

「もうダメだってときに、慶吾の顔が浮かんだんだ。もう一度会うんだって。それまでは絶対に死なないって」

何度最期を覚悟し、脳裏に走馬灯が流れていったかわからない。最後の最後に脳裏に浮かぶのは、いつも慶吾の笑顔だった。

「……俺もだ。和音の苦労に比べたら大したことはないだろうが、絶対に探し出すと決めていた。結局、俺のしていたことは何の役にも立っていなかったみたいだけど……」

「そんなことない！　きっと、慶吾がそう想ってくれたから、元の場所に戻ることができたんだ！」

恐らく、送還術はまだ不完全だったのだろう。送った先の結果を得ることは難しく、検証自体が困難だからだ。魔力のコントロールは精神力に左右される。つまり、人の想いだ。

「キルスによると、召喚術は対象を呼び寄せるだけですむけど、送還術は対象を送り込まなくちゃならないから術が不安定なんだ。例えばボールを紐《ひも》で引き寄せれば確実に手元に来るけど、投げた場合、目的の場所に当たるかどうかは投げ手次第だろ？」

最初は五年もずれてしまったことに不満を抱いていたけれど、もしかしたら何十年も先の知らない土地に飛んでいた可能性だってある。

むしろ五年ですんで幸運だった。慶吾の想いが、いまの時間に辿り着かせてくれたのかもしれない。

「話によく出てくるが、そのキルスってやつと親しいのか？」

「え？　うん、皇子なのに気さくでいい友人だったよ」

「本当にそれだけか？」

「う、うん？」

異世界を行き来したことや、魔法が使えるようになったことよりも、キルスのことを気にするのは意外だった。

「それならいいんだ。もうどこにも行くなよ」

「行かないよ。あんな目に遭うのは一回きりで充分だし」

「約束だからな」

慶吾は繰り返し、そう念を押してくる。

「そんなに心配？　俺が慶吾との約束を破ったことなんてないだろ」

「すまん。でも、目を離したらまた和音が消えてしまいそうで怖いんだ」

微かに語尾が震えている。和音がある日突然姿を消した事実は、慶吾の胸に深い傷跡を残してしまったようだ。気を揉み続けた五年の歳月を思うと胸が痛む。

「……だったら、できるだけ慶吾の見えるところにいるようにする」

「本当に？」

「嘘なんか云わないよ。慶吾の不安がなくなるまで、傍にいるようにするから」

「それじゃあ、今日からは一緒に寝よう」

「は？」

想定外の提案に目を瞠る。どうして、そんな結論が導き出されるのか理解できない。

「俺から見えるところにいてくれるんだろう？　ほら、こっちに来い」

慶吾は再び和音のベッドに入り、捲り上げた掛け布団の中から手招きする。

「いや、でも」

さっきは酔っていたから、あんな大胆なことができたのだ。いまはすっかり素面で、自責の念にも駆られている。そして、それ以上に恥ずかしい。

「和音が約束を破ることなんてないよな？」

「～～っ」

そんなふうに言質《げんち》を取られるなんて思わなかった。じっと見つめてくる圧に負け、渋々と承諾した。

慶吾に従ってそろそろと布団の中に潜り込む。肌を重ねるのとは、また違った緊張感だ。

「もっとこっちに来い」

「……！」

強引に抱き寄せられ、心臓が止まりかける。どうしてこんなことになってしまったのか。

（……って、迂闊な俺のせいか……）

この結果がよかったのか、悪かったのか。結局、和音は朝までまともに眠ることなどできなかった。

13

「お茶淹れたから、ちょっと休憩しない？」

控えめにノックをし、書斎を覗き込む。慶吾は和音の声に顔を上げ、ふっと微笑んだ。

「……っ」

あの日以来、向けられる視線が妙に甘くなった気がする。

（気のせい……というか、俺の受け取り方のせいだとは思うけど……）

一度寝たくらいで、とは思うものの、慶吾のことを以前よりも知ることができた。

「ありがとう、そろそろ一息入れようと思ってたんだ。もう少しで区切りがつくから向こうで待っててくれ」

「わかった」

集中しているときはノックをしても、声をかけてもこちらに気づくことはない。そういうときは出直すことにしている。

「あ、その前にちょっといいか？」

「何？」

ドアを閉める前に手招きされ、慶吾の元へと近づく。きっと、原稿の下読みかシーンの相談だろう。そう思っていたのに、前置きもなしに抱きつかれた。

「け、慶吾!?」

慶吾は無防備な和音の腰に手を回し、腹部に顔を埋める。

「ごめん、ちょっとだけ和音を補給させて」

「いいけど……」

疲れると人肌が恋しくなるのかもしれない。慶吾がこんなふうに人に甘えるタイプだなんてこともいままで知らなかった。

頭頂部を見下ろしていると、愛おしさが込み上げてくる。無意識に手が伸び、頭を撫でてしまった。

(美琴にもこうして甘えてたのかな)

まったく想像がつかないが、自分に甘える慶吾だって想像できなかったのだ。あり得ないことはない。

「それ、気持ちいい」

「え、そ、そう?」

ぎくりとしたが、不快でないようでほっとする。

昔よりもスキンシップが多くなったとは感じていたけれど、あの夜以降、慶吾はさらによく触れてくるようになった。

流されるままに、何度か肌も重ねた。ダメだと思いつつ、甘い雰囲気を作られると、つい受け入れてしまうのだ。しかし、彼がどういうつもりなのか、和音にはよくわからなかった。

欲求の解消だけなら、雰囲気を高める必要はない。なのにあれ以来、慶吾はそうすることが当たり前のように触れてくる。

まるでそうすることで和音を繋ぎ止めているかのようだ。もしかして、和音の気持ちに気づいているのだろうか。

(いや、まさかな)

もしも気づいていたとしたら、自分の家に居候させようなどとは思わないだろう。

もしかして、これは〝恋人〟としての代替行為なのだろうか。

身代わりでもいいからと、誘ったのは和音だ。後悔から気まずくなるよりはずっといいし、慶吾の役に立てるなら何だっていい。

「うわっ」

腰をさらに引き寄せられ、慶吾の膝の上に座らされる。

「いきなり何——」

子供っぽい悪戯《いたずら》を責めようとした瞬間、唇が重ねられた。甘く唇を啄《ついば》んだあと、慶吾は口腔に舌先を忍ばせてきた。思わず引いた和音の舌を追いかけ、絡みついてくる。

頭の後ろにそっと手を添えられたかと思うと、より深く探ってきた。

「ん、んん……っ」

舌の擦れる感触に、力が抜ける。キスくらい、慶吾にとっては戯れの一種なのかもしれない。だけど、経験値のなかった和音にとっては毎回一大事だ。

蕩けるような口づけに体が熱くなってくる。腰の奥が疼き、下着の中で自身が張り詰めてきている。

「……ふはっ」

不意に唇が解放された。

「唇が遠かったから」

「え？」

少し考えてから、キスの前の問いかけへの答えだとわかる。近づくために抱き寄せたのだと云いたいのだろう。

「さっき、ちょっとだけって……」

「うん、もうちょっと」

「でも――んっ、ぅん、んんっ」

慶吾は角度を変えて、再び和音の唇を貪る。終わらないキスのせいで、唇が腫れぼったくなってきた気がする。

これ以上したら、ちょっとではすまなくなる。箍が外れて、みっともなくねだってしまいかねない。だけど、慶吾を突き放すことなどできるわけがない。

理性と欲望の狭間《はざま》で揺れ動く最中、インターホンが鳴った。

「……お客様みたい」

「宅配だろ。森永さんが預かっておいてくれる」

無視しようとしたけれど、もう一度鳴った。

「慶吾、出たほうがいいんじゃ……」

「――」

三度鳴る。どう考えても宅配便ではない。

「確認しようよ。急ぎの用事かもしれないし」

「わかったよ」

やっと慶吾の手が緩み、彼の膝から降りることができた。背中を向け、濡れてジンジンと火照る唇を手の甲で拭う。熱くなった体を深呼吸で落ち着ける。

「はい、伊住です」

慶吾がコードレスの受話器で応対すると、コンシェルジュの森永の声がした。

『お忙しいところ失礼します。伊住様にお客様がいらしております』

「その方の名前はわかりますか？」

『警察の方だそうで、木村様と仰《おっしゃ》っております。いかがいたしましょうか？』

一瞬、誰だっただろうかと考え、病室に来た刑事だと思い出した。後日、警察署で聴取を行う約束だったのだが、待ちきれなくなったのだろうか。

短い時間で三回もインターホンが鳴らされたのは、彼が急かしたからに違いない。

「……わかりました。通してください」

『かしこまりました』

慶吾は通話を切り、ため息を吐く。

「まさか、あの刑事が家まで来るとはな。一体、何を疑ってるんだ……」

「ネットの記事みたいに、自作自演を怪しんでるとか？」

「もしもそれが事実だったとしても、わざわざ刑事が聞き込みにくるほどの罪には問えないだろう。彼らだって暇ではないはずだ」

「でも、確認することも仕事の一環なんじゃないかな。何も話せることはないけど……」

本当のことを云えば煙に巻いていると思われて心証が悪くなるだけだろう。

「現実に起こったことを話しても、信じるとは思えない。だから、覚えていないって云ったんだろう？」

「うん」

真実を話しても、ふざけていると思われるか、頭がおかしくなったと判断されるかのどちらかだ。

「一通り調べて何も出ないとわかったら納得するだろう。ありのままを話さなかったとしても、俺たちに後ろめたいことなんてないんだからな」

「そうだね」

ゴシップ誌などで疑われているような後ろ暗い事情は何一つない。

「面倒なことは早くすませてしまおう」


「お邪魔します。いやあ、すごいお住まいですね」

出迎えた木村は感心したようにあちこちを見回している。圧倒される気持ちは和音にも理解できた。

「ありがとうございます。わざわざ自宅までご足労いただいてすみません」

慶吾の口調にはとげとげしさがあったけれど、木村には響いていないようだった。

「近くまで来たので、寄ってみたんです。いま時間いいですよね？」

「ええ、仕事もちょうど一区切りつきそうでしたから」

慶吾は途中で邪魔されたことに苛立ちを隠し切れないようだったが、和音としてはほっとしていた。あのまま続けられていたら、のっぴきならない状態になっていた。

ちょうど休憩用に用意していたアイスコーヒーを二つのグラスに注ぎ、リビングに運んでいく。

「よかったらどうぞ」

「ああ、すみません。外は暑かったので、ありがたい」

そう云って、木村はアイスコーヒーを一気に飲み干した。

近くまで来たから、というのは云い訳だろう。和音の〝事件〟について聞くために、わざわざ足を伸ばしたに違いない。

「その後、何かわかりましたか？」

慶吾が訊ねる。

「いえ、これといったことは。いまは共通項のある事件を調べています。芦谷さんが失踪したと推測される時間、強い光を見たという近所の住人がいました。そのことは覚えていませんか？」

「強い光……それは何となく覚えている気がします」

他にも目撃者がいたというなら、このくらいのことは正直に話しても問題はない。

あれは向こうの世界と繋ぐために開かれた〝道〟から溢れ出たものだろう。世界と世界の間にあるのは光の海だとキルスが云っていた。

「何の光だったかはいまもわかっていません。気象データにはそれらしい現象はありませんでしたが、小規模な雷の可能性もあると考えています。もしくは人工的な照明や発光弾のようなものか……」

意外と鋭い見解に押し黙る。前後不覚にはなっていないけれど、あの光が和音を連れ去り見知らぬ土地で暮らしていたことは事実だ。

「似た事象が観測されている事案で、帰ってきたのは芦谷さんだけなんですよ。本当に何も覚えていないんですか？」

「……！」

「──和音に瑕疵《かし》があると思っているんですか？」

慶吾が逆に木村に訊き返す。

「そうではありませんが、一連の失踪事件は組織的犯行ではないかと疑っています。どんなに小さいことでも、手がかりが欲しいんです。何か思い出してくれたら助かるんですけどねえ」

「刑事さん。和音はそれ以上を覚えていないんです。彼だってそれを気に病んでる。被害者を責め立てたってどうにもならないでしょう。いい加減にしてもらえませんか？」

慶吾の抗議に、木村は小さく息を吐いた。

「確かにそのようですね。これまでお話ししてもらった内容で調書を作成しておきますので、後日署名をしにきていただけますか？」

「わかりました」

警察署に行く日取りを決め、木村を送り出す。彼は喉に何か詰まらせたような顔で帰っていった。

「俺が失踪に関わってるって疑ってるみたいだったね……」

「ストックホルム症候群の可能性を考えてるのかもな。揺さぶりをかけて、和音から少しでも手がかりを引き出したくて必死なんだろう」

「実際そうかも。彼らに共感を抱いて協力してきたわけだから」

悪意があったわけではないけれど、一方的に呼び寄せられたことは事実だ。

「……俺、自分のことしか考えてなかった。もしかして、こっちの世界に帰りたいと思ってた人が他にもいたかもしれない」

「和音が罪悪感を覚えることじゃないだろう」

「でも……」

「何かできたかもって？　帰ってきたのが自分じゃなければよかったと思ってるんだろう？　少し冷静になれ」

和音が帰ってくるときだって、国家事業と云える規模の儀式が執り行われた。それだけの魔力を要するためだ。

（俺が帰ってきて、本当によかったのかな……）

和音以上に帰郷を切望していた人もいたのではないか。もしもを考えると、血の気が引いてくる。

そんな和音の考えを見抜いたのか、慶吾は厳しい表情で諭してくる。

「自分じゃなくて他の誰かを帰せばよかったなんて思うなよ。和音が帰ってきてくれて、俺は本当に嬉しかった。身勝手なエゴイストだと誹《そし》られたとしても、その気持ちは変わらない」

「エゴイストなんてそんなこと……！」

「自分を卑下するのはやめろ。それは君を心から大事に思う人間のことも蔑《ないがし》ろにする行為だ」

「ご、ごめん」

慶吾の云うとおりだ。帰ってこなくてよかったなどと云ったら、再会して喜んでくれた慶吾や美琴、母の想いを軽視していることになる。

「彼の気持ちはよくわかる。俺だって、どんな些細な情報だって喉から手が出るほど欲しかった。面白半分の出任せに振り回されることもあった。身代金詐欺とかな」

「えっ、騙されたってこと!?」

「詐欺の被害に遭った人たちから忠告を受けてたから、逆に騙されたふりで捕まえてやったよ」

「それならよかった……。でも、そんなあくどい人たちがいるんだね……」

「世の中には想像以上に悪いやつもいるからな。情報の真偽は冷静になって見極めなきゃいけない。だけど、大事な人を探している人たちにそんな余裕はないんだ。連れ戻す手段はないのに被害者は異世界にいるかもしれないなんて詳《つまび》らかにしてどうなる？　もしも、本当に誘拐されていたとしたら、中途半端な情報で混乱させるのもよくないだろう」

慶吾の云うように、皆が和音のように異世界に飛ばされたとは限らない。向こうの世界を救えたのは、偶然和音に適性があり、仲間の助けがあったからだ。決して万能だったわけではない。

自分に何かできたかもしれないなんて、おこがましい考えだったと反省する。

「和音は向こうですごいことを成し遂げてきたんだろ？　そのことを誇ればいい。自分の手に負えないことまで責任を負おうとするのは傲慢だ」

慶吾の指摘にはっとする。確かに何もかも自分のせいだと思うのは傲慢な行為だった。

「俺は和音が帰ってきてくれて救われた。それだけじゃダメなのか？」

「そんなこと……！」

「帰ってこなければよかったなんて思わないでくれ」

そう云って和音を抱きしめてくる慶吾は、まるで迷子の子供のようだった。

14

「お大事にしてください」

「ありがとうございました」

和音は会計をすませ、病院をあとにする。通院も今日でおしまいだ。念のため定期的に健康診断を受けるようにと云われたが、健康には太鼓判を押してもらった。

（いままでになく健康体だもんな）

運動が苦手で体育の時間を憂鬱《ゆううつ》に過ごしていた自分が、毎日ジョギングをしなければ落ち着かない体になるなんて思いもしなかった。

いま思えば、集団競技や人と競い合わされることが嫌だったのかもしれない。上手くできない自分を揶揄され、体を動かすことにさえ苦手意識が生まれていったのだろう。

慶吾が迎えにきてくれることになっているのだが、想定していたよりも早く終わってしまった。

機種変更をしたスマートフォンはまだ使い慣れない。病院の外に出て邪魔にならないところで連絡を入れようとすると、慶吾からメッセージが入っていた。

『ごめん、少し遅れそうだからどこか店の中で待ってて』

仕事のほうが大事だ。自分は電車で帰れると打って返す。

（別に一人歩きが危ないわけじゃないし）

凶暴化した動物や野盗が襲ってくるような世界ではない。ただ、周囲をうろつく記者や根元が煩わしいだけだ。

『デートして帰ろう』

少しして、そう戻ってきた。

デート。縁のなかった単語にこそばゆい気持ちになる。

（いや、ただのものの喩えだろ）

外食のことをそう喩えて云っているだけだ。浮かれそうになる自分に釘《くぎ》を刺し、何も意識していない体《てい》で返信をした。

慶吾から待ち合わせ場所に近くのカフェチェーン店を指定されたため、病院の敷地を出てそちらへと向かう。数メートル歩いたところで、背後から声がした。

「今日は騎士のお迎えはないんだな」

皮肉交じりの嘲りにため息をつく。根元が近くで見張っていることには気づいていた。欲の抑えきれない彼の気配はすぐにわかる。

一度、慶吾抜きで話をつけたいと思っていたからちょうどいい。

「――いい加減、懲《こ》りないな。さすがに暇すぎない？」

「粘り強いと云って欲しいね」

取材をしたいという根元からのアプローチはしつこく続いていた。

着信拒否をしたら、慶吾の家の近くに出没するようになった。慶吾が送り迎えをしてくれるのは、そのせいもある。

「根元の期待には応えられないって云っただろう？　俺は何も覚えてないんだ」

「嘘だね。隠しごとがある顔をしてる。あの行方不明狂言説ってどうなの？　伊住の信者のお前ならあり得るよな。悪の組織に連れ去られて、洗脳されて戻ってきたってのもあったな」

和音は慶吾と組んで行方不明のふりをし、親友を探す作家という悲劇を作り上げることによって、自作自演で耳目を集めたという珍説を披露している配信者がいた。

「本気で云ってるのか？　慶吾の本が売れてるのは、物語が面白いからだ。根元だって一冊くらい読んだことあるだろう」

「相変わらずの信者っぷりだな。あいつの本？　一冊も読んだことないね。あいつに俺の払った金が一銭でも入るのはムカつくからな」

そのくせ、慶吾の名を使って自分が儲《もう》けるのはいいのかと呆《あき》れてしまう。

「隠しごとがあると思ってるならそれでいい。とにかく、根元には何も話したくない。何度来られても取材なんて受けないし、お前の動画にも出ない」

しつこい根元にきっぱりと告げる。

以前は慶吾への気持ちを本人に暴露されたくなくて、根元の云いなりになっていた。もちろん、いままでもずっと片想いをしていたことは知られたくない。

だからといって、脅しや挑発に屈し続けるのは間違っている。何を吹き込まれるかはわからないけれど、慶吾は根元の言葉をそのまま真に受けることもないはずだ。

「ふぅん。今日はおどおどしないんだな」

「俺だってもう子供じゃないし、お前に怯える必要なんてなかったって気づいたんだ」

昔の和音は自分に自信がなくて、周りの顔色を窺《うかが》って生きていた。

だけど、いまは以前のいじめられっ子の自分とは違う。

別に自信満々になったというわけではないけれど、生きるか死ぬかの瀬戸際を潜《くぐ》り抜けてきたお陰で、昔よりは泰然と構えられるようになった。

「俺は話すことなんてないし、あってもお前には話さない」

「そういえば、知ってたか？　慶吾と美琴がよりを戻すみたいだぞ。美琴が再婚するって云ってたから確認してみろよ」

「……っ」

思い切り動揺が顔に出てしてしまった。

（あの二人が再婚……？）

慶吾からは何も聞いていない。だけど、この間の飲み会でも別れたとは思えないツーカーぶりだったし、慶吾も淋しい気持ちがあるから和音を身代わりにしているのだろう。

「やっぱり、気になるよな？　まあ、お前の捜索に夢中で別れることになったんだし、当然の流れじゃね。けど、残念だな〜。せっかく伊住のことを独り占めできそうだったのに」

「べ、別にそんなつもりは――」

ポーカーフェイスを装うどころか、目が泳いでしまう。

「まったくなかったなんて云わせねーぞ」

「……俺がどう思おうがお前には関係ないし、俺の気持ちなんてどうでもいいだろ。俺は慶吾が幸せならそれでいい」

立ち塞がっていた根元を押しのけ、歩き出す。

「おい、話は終わってねーぞ」

根元は肩を摑んで強引に引き留めようとしてくる。

「離せ」

手を払いのけると、根元が気色ばんだのが伝わってきた。

「芦谷のくせに……！」

激高した根元が摑み掛かろうとしてくる。襟を摑まれる前に素早く避《よ》け、根元から距離を取った。

まず敵から離れて間合いを取る。いまの和音には基本的な動作だったが、それが余計に彼を苛立たせたらしい。

再び和音に摑み掛かろうとした弾みに、根元はその横を走り抜けようとした子供を跳ね飛ばした。

「あっ」

三歳くらいの男の子はボールのように車道へと転がった。自分に何が起こったのかわからない様子できょとんと座り込んでいる。

「きゃー！」

母親が悲鳴を上げた。車道に転がった男の子にトラックが迫ってきている。

「やべっ」

根元は俄に頭が冷えたのか、小さく悪態を吐く。しかし、その場から動こうともしない。

和音は即座に地面を蹴り、男の子へと手を伸ばした。

（間に合え……っ）

車道に飛び込むようにして男の子を抱き込んだ。

歩道に戻る時間の余裕はない。下手なことをして当たりどころが悪くなるよりも、このまま和音の体で衝撃を受け止めたほうが被害は少ないだろう。

同じような大きさの魔獣と戦ったこともあるけれど、大型トラックが迫ってくるのはやはり怖い。

「……ッ」

ドン！　と激しい音がしたかと思うとトラックは急ハンドルを切ったかのように曲がり、中央分離帯の植え込みに突っ込んだ。

身一つで耐えるつもりだったのだが、ぶつかる寸前、無意識に魔法を発動させ、トラックを衝撃波で弾いてしまった。

「大丈夫？」

「ふぇ…うわあああん」

腕の中の男の子は、火がついたように激しく泣き出した。

「こうちゃん‼」

「ママぁ……！」

駆け寄ってきた母親の胸の中に飛び込み、しゃくり上げるように泣き続ける。

「ありがとうございました！　何とお礼を云えばいいか……」

「いえ、運がよかったです。ぎりぎりで避けてくれた運転手さんのお陰ですよ。もうママの手を離して走り出したらダメだよ」

男の子の頭を撫で、分離帯に突っ込んだトラックを振り返る。ブレーキを踏んでいたからか、トラックにも大した被害はなさそうだ。

青い顔で降りてきた運転手だったが、和音たちや車体が無事なことに驚きつつもほっとした様子だった。運転手にこちらに気づいて避けてくれた礼を云い、何度も頭を下げる母親と抱かれた男の子を見送った。

最悪の事態にならずに胸を撫で下ろしていると、背後から怯《おび》え混じりの声が聞こえた。

「……いまの何なんだ？　お前、普通じゃないぞ」

振り返って目にした根元は、得体の知れないものに遭遇したかのように強張った表情をしていた。

(しまった)

無意識に力を使ってしまったことに青ざめる。男の子を助けることに必死で、根元が近くにいることを失念していた。

「な、何云ってるんだ？　云ってる意味がわからない」

「ごまかすなよ。いま、変な力でトラックを跳ね飛ばしただろ？　俺は見てたからな！」

根元の指摘に胸が冷える。力のことを知られたら、いま以上に見世物扱いを受ける。危惧したように、国の調査の対象にされるかもしれない。

「そんなことあるわけないだろ、根元は映画とかオカルト番組の見すぎじゃないの？」

必死にポーカーフェイスを取り繕い、笑い飛ばす。元々、嘘が苦手だ。どうしても顔が引き攣ってしまう。

「いま撮った動画を検証してやるから待ってろよ」

「動画？」

根元は手に握ったスマホを掲げて、ニヤリと笑った。さっきまでは怯えていたのに、和音が動揺を滲ませる様子に自分が有利だと気づいたらしい。

「お前が病院から出てくるところからずーっと撮ってる。もちろん、いまもな。事故の映像をみんなが見たら、どう思うだろうな？」

「……ッ」

矢面に立つのが自分だけなら構わない。けれど、そうなれば慶吾が庇《かば》おうとするだろう。結果として彼の足を引っ張ることになる。それだけは何があろうと避けなければ。

何かしら魔法をかければ、この場は切り抜けることができる。だけど、和音の未熟な精神操作ではそう長続きしない。

〈魅了〉の術は効かなかったし、他の術をかけることも難しいだろう。もしかかったとしても効果が切れたときに、余計に怪しませることになりかねない。

（もっとキルスにコツを教えてもらっておけばよかった）

攻撃ばかりが得意な和音と違って、彼は治癒や精神操作などが得意だった。適性に加え、長年の鍛錬の賜物だったのだろうが。

「好きにすればいい。そんな突拍子もない話、お前が騒いだところで誰も信じない」

動画さえなければ、根元の証言だけだ。さっき助けた男の子の母親からは、事故の瞬間は見えていなかったはずだ。脅しに屈せば、彼の思うツボだ。そう思い、はったりをかます。

「それはどうかな？　みんな人の不幸を求めてんだよ。この動画を公開したら、お前の正体を暴こうって躍起になるだろうな」

「お前が男の子を道路に突き飛ばしたところも映ってるんじゃないのか？」

「あれはあのガキが勝手に！　まあ、あんなの編集すればどうとでもなる。よく考えたら、あいつがおまえの正体を暴く鍵をくれたんだからいい仕事したよな」

「人の命を何だと……！」

あまりに心ない発言に怒りが込み上げてくる。元々、倫理感の薄い人間ではあったけれど、ここまで非道なことを云うようになったのかとショックだった。

「おお、こわ。お前もそんな顔できるんだな。マジでお前変わったな」

気づかずに根元を睨みつけていたらしい。

――危機に陥ったときこそ、冷静になれ。

師匠のアドバイスを思い出す。いまこそ、冷静になる場面ではないだろうか。

「そういや、こないだも変だったよな。停電したり、電気がショートしたり。あれもお前のせいだったのか？」

根元の言葉にはっとする。

魔力が暴走しかけたあのとき、居酒屋の看板がショートして壊れた。もしかしたら、根元のスマートフォンも同じようにしてデータを消すことができるのではないだろうか。

また根元に不可解な現象を目撃させることになってしまうけれど、証拠が残るよりずっといい。

深呼吸をし、集中する。魔力を最大値で放出する練習ばかりしてきたから、細かいコントロールは苦手だ。

だけど、ここで失敗はできない。息を止めた瞬間、根元が手にしたスマートフォンに意識を向け、空中を電気が伝っていくイメージで魔力を放った。

「痛っ!?」

根元の手にしていたスマートフォンはバチッと音を立てた。ショートして電気が走ったのか、彼はそれを取り落とした。

ガンッと音を立てて地面に当たる。

「ああ！」

根元はしゃがみ込み、慌ててスマートフォンを拾い上げるが、画面には蜘蛛《くも》の巣状のヒビが入っていた。何度も電源を入れようとしているが、つかないようだ。

「くそっ、お前いま何かしただろう！」

「――――」

嘘が下手なら、何も云わなければいい。

都合の悪い部分をカットするために、生配信はしていないはずだ。クラウドに保存されていたら手が出ないけれど、少なくとも端末の中のデータは消えただろう。

「お前さ、本当に芦谷か？　中味が入れ替わってるんじゃねーの？　ははっ、そうだよな！　偽者なら納得がいく」

根元は何気なく口にした自分の考えに得心したようだった。

「五年ぶりに戻ってきたのに当時と見た目も変わってなくて、着てた服も全然汚れてない、その上記憶もないなんておかしいだろ。ＵＦＯに攫われて、改造された可能性もあるな」

「お前、Ｂ級映画の見すぎじゃないか。そんなことあるわけないだろう？」

陳腐な陰謀論を真面目に口にする根元に笑ってしまう。それでも、異世界に召喚されて勇者になってきたっていうよりは現実味があるかもしれない。

「あの伊住を騙しきるなんてマジで狡猾だな。いいぜ、その化けの皮、俺が剝いでやるからな！　このバケモノが！」

根元はそう捨て台詞《ぜりふ》を吐くと、近くに停《と》めてあった車に乗って走り去った。

「バケモノか……」

否定できず、つい笑ってしまう。

確かに根元の知っている和音とはずいぶん変わった。かつては自信がなくて、覚悟もなかった。ただ波風を立てないよう、流されるがままに感情を飲み込みながら生きていた。

自我を持ち、自分に従わない和音を根元が面白く思わないのは当然のことだろう。その上、トラックを弾き飛ばしたのだ。根元が気味悪がるのも無理はない。

（やっぱり、俺は慶吾の傍にいないほうがいいのかも）

今回はどうにか凌げたけれど、根元は諦めないだろうし、警察にも怪しまれている。自分のせいで慶吾が痛くもない腹を探られるのは心苦しい。

美琴との再婚が本当なら、これ以上和音が心配の種でいるのはいいことではない。少しでも早く一人でもう大丈夫だと安心させて、彼の元を離れる準備をしたほうがいいだろう。

「和音！　こんなところにいたのか。店にいないから探したぞ」

息を切らした慶吾の声に顔を上げる。

「あっ、ごめん。ちょっと困ってる人がいたから」

「何かあったのか？」

「男の子が道路に出ちゃって、危ないところだったんだ」

トラックに轢《ひ》かれるところだったと話すと、慶吾は青い顔になった。

「それを助けたのか？　大丈夫だったか？　怪我はないか？」

「大丈夫。男の子も無事だったし、見てのとおり俺も無傷だよ。慶吾に買ってもらったズボンが汚れちゃったけど」

子供を抱き込んだ瞬間に地面に擦れ、集中線のような汚れがついてしまった。

「服なんて買い直せばいい。和音が無事でよかった」

「俺は本当に大丈夫だから」

根元のことを云えば、慶吾はまた心配する。これからは、自分のことは自分で処理すべきだろう。

慶吾にまた秘密を抱えることになった罪悪感を押し隠し、和音は安心させるための笑顔を浮かべた。

「じゃあ、行ってくる。夕方には戻るから、何か買ってきて欲しいものがあったらメッセージ入れておいて」

「うん、気をつけてね。美琴にもよろしく」

今日は編集部に行き、美琴と新作の装丁の打ち合わせをするらしい。

このところ、慶吾は美琴との連絡が頻繁になった。担当編集者なのだから当然かもしれないが、ずいぶんと密なやり取りだ。

(もしかして、仕事以外の相談もあるのかも)

よりを戻すだけとはいえ、同じ人同士で再婚となるとなかなか面倒なことがあるのかもしれない。

二人はまた一緒に暮らすのだろうか。いまは別居婚もあるけれど、共に仕事をしているなら生活も同じくしたほうが効率的だ。

それなら、早々にここを出ていかなくてはならない。貯蓄でしばらく暮らせる程度の賃貸を探すにしても、この近くでは無理だろう。

「窮屈かもしれないが――」

「わかってる。一人で外には出ないよ」

出かける慶吾を見送り、家事に取りかかる。

慶吾の過保護ぶりは薄れていくどころか、どんどん過剰になってきている。男の子を庇ってトラックに轢かれるところだったと告げてからはとくにだ。

独り立ちの準備をしたいのに、慶吾の目が届かない時間がほとんどない。こっそり出かけるにも、マンションの入り口にはコンシェルジュの森永がいてすぐに報告が行ってしまう。

ほぼ軟禁状態だが、慶吾の気持ちを考えると文句も云えなかった。

五年も探し続けたことが一種のトラウマになり、不安がなかなか拭えないのだと思う。その上、根元のような人間にまとわりつかれれば安心もできないのだろう。

根元といえば、念のため彼のチャンネルを定期的にチェックしている。いまのところ、先日の動画はアップロードされていなかった。

データが無事に消えていたか、思ったような動画が撮れていなかったのかもしれない。

(油断はできないけど、こっちは一安心かな……)

何か証拠がなければ、根元の仮説が視聴者に受け入れられることはないだろう。

美琴との再婚のことも確認しておきたかったが、未だに口にする勇気が持てていない。切り出そうと試みるのだが、慶吾の顔を見ると言葉を飲み込んでしまう。

きっと、本決まりになったら慶吾から話してくれるだろう。

失恋も二度目ともなると腹が決まるのも早い。それなら、早く独り立ちしなくては。そして、今度こそきちんと二人の幸福を見守ろう。

こちらの世界に戻ってきて、充分すぎるほどの幸せをもらった。もうそれで充分だ。

「そうだ、お母さんに電話しとかないと」

親孝行をしようと決めたものの、地元に帰ってしまった母に対して何をしたらいいかわからず悩んでいたら、慶吾に何か美味しいものでも送ったらどうかと提案された。

そこで父の月命日に花と供え物を送ることにしたのだ。

実家にいるときは、仏壇の水とご飯を変えるのは和音の役目だった。だが、大学に進学してからは夏休みと年末に墓参りに行くだけだ。

スマートフォンを取り出し、通話アプリを立ち上げる。何となく顔を見るのは恥ずかしかったため、音声だけにしておいた。

「もしもし、俺だけど——」

『あの……？　どちらさまですか？』

「え？　何云ってるんだよ。俺だよ、和音だって。電話だから声がわからない？」

母もこんな冗談を云うのかと驚いた。咄嗟にどう返すべきなのか、反応に困ってしまったが、ここは笑っておくところなのだろう。

『ああ、和音！　いきなり電話してきたからぼんやりしちゃった。いやね、ボケるにはまだ早いわよねえ』

母の反応からすると、いまのは冗談ではなかったようだ。

（本当に俺のことがわからなかった……？）

まるで知らない相手に探りを入れるような反応だった。深刻な空気にしたくなくて、笑い話になるよう努めて声を明るくする。

「そ、そうだよ。まだ若いんだから、しっかりしてよ」

『このところ忘れっぽくて困っちゃう。目的があって台所に立ったのに、何しにきたかわからなくなったりするのよ』

「でも、それはちょっとわかる。俺もたまにやる」

二つのことを考えていたりすると、片方を失念してしまう。何か忘れたことはわかるのに、それが何だったかなかなか思い出せないのだ。

『やだわ、ぼんやりした血筋なのかしらねえ』

「最近、健康診断受けてる？　一度しっかり診てもらうのもいいんじゃない？」

『そうね、認知症だっていつなるかわからないしね。お祖母ちゃんの通院のときに、先生に相談してみるわ。でも、急に電話なんてどうしたの？』

「今週全然電話してなかったから、声が聞きたくて。あと、父さんの月命日に花でもと思って送っておいた。明日届くはずだから、知らせておこうと思ってさ」

『お父さんにお花を？　ありがとうね、きっと喜ぶわ』

「最近流行ってるっていうお菓子も送っておいたからお供えして、みんなで食べてよ。お祖母ちゃんの体調はどう？」

『今日はね――』

お互いの近況報告をし合い、通話を終えた。母の声は元気そうだったけれど、電話に出たときの反応が気になった。
電話を切り、底冷えするような不安に襲われる。
だが、いまはその不安の正体が何なのかわからなかった。

16

「本当に一人で大丈夫か？」

「大丈夫だって。調書にサインするだけなんだから、すぐ終わるよ。それに警察署内で変なやつに絡まれることはないでしょ。いいから、慶吾は駐車場で待ってて」

「わかった。何かあったらすぐに俺を呼ぶんだぞ」

「うん、そのときはお願い」

今日は木村が作成した調書を確認するために警察署へやってきた。約束の時間まで少しあるけれど、彼ならきっと早くから待ち構えているだろう。

そう思って窓口に向かった和音は、返ってきた言葉に驚いた。

「木村でしたら、外に出ております」

「え？　外に出てる？　でも、一時に約束をしたんですが……」

「戻ってきましたらお呼びしますので、そちらでお待ちください」

「はあ……」

緊張しながら出向いたというのに拍子抜けだ。

慶吾に時間がかかりそうだと連絡を入れ、長椅子で待っていると十五分遅れで木村が現れた。

受付で和音がいる場所を教えられたのか、こちらを振り返るとのんびりとした足取りで近づいてきた。

「どうもどうも。お待たせしました。ええと、私に用があるというのはあなたですか？」

「え？」

先日の険のある表情は跡形もなく、にこやかだ。あんなに執念深そうだったのに、和音に対する態度が一変していた。

「で、今日はどういったご用件でしょうか？」

まさかそんなことを訊かれるとは思わず戸惑ってしまう。

「いや、あの、木村さんが調書にサインをしてくれって云いましたよね？　だから、お約束の時間に来たんですけど……」

手の平を返した態度にまるで狐につままれたような気持ちになった。

先日、慶吾の家に訊ねてきたときは猜疑《さいぎ》心に満ちた視線を向けられていた。何か隠しているのではないかと云わんばかりだったけれど、今日はまるで別人だ。

「ああ！　そうでしたね！　いやーすみませんねえ、急用が入って。こういう仕事だから、どうしてもね。いま持ってくるのであそこの部屋でちょっと待っててください。あっ、もう一度お名前よろしいですか？」

「は？　ええと、芦谷和音です」

再び名前を確認され面食らった。

忙しくなって事件性の低そうな案件に関わっている暇はないのかもしれないが、和音の名前や顔がうろ覚えになるということがあるのだろうか。

ゆったりとした動作でエレベーターへと向かう木村を、和音は信じられない気持ちで見送った。


「待たせちゃってごめん」

慶吾の待つ車へと戻り、助手席へと乗り込む。手続きはつつがなく終わったけれど、釈然としない気持ちが残っていた。

「変な顔をしてるけど、どうかしたのか？」

「いや、何か変だったんだよね……」

「変って何が」

「木村さん、今日の約束を忘れてたみたいで遅れてきたんだ」

「向こうから呼びつけておいてずいぶんだな」

最初は和音もそう思った。わざと遅れてきて、苛立たせる作戦だろうかとも勘ぐった。しかし、いざ現れた木村は想像だにしない屈託のなさで困惑するしかなかった。

「それがさ、俺のこともうろ覚えみたいになってて、名前を何度も確認された」

「名前を？　どういうことだ？」

「わかんない。調書にサインしたから、もういいって云われた」

目を通した調書は、冒頭こそ詳細に記載されていたけれど、後半は面倒になったのか大まかにまとめられただけだった。

和音に不利な内容ではなかったため、そのままサインをしてきたけれど、一体どうしたのだろうか。

「他に事件の糸口でも見つけたのかもしれないな」

「そうなのかな……」

まるで、和音の存在が頭の中からなくなっているようだった。

「ある意味よかったんじゃないのか？　本当のことを話せないまま追及されるのは辛かっただろう」

「……うん、それはそうなんだけど」

何かが引っかかる。

木村だけではない。今朝もコンシェルジュの森永に挨拶した瞬間、変な顔をされた。

元々、影が薄いほうではあったけれど、日々挨拶をし合うような間柄で思い出せなくなるほどではないはずだ。

「ずいぶんしつこかったし、忘れてもらえたほうがありがたいんじゃないか？」

それもそうだと思いかけたそのとき、脳裏に何かが引っかかった。

（そういえば、母さんに電話をかけたときもおかしかったな……）

和音が名乗ったら、すぐにいつもの調子に戻ったけれど、母だって物忘れが酷くなるにはまだ早い。

まるで、世界中から忘れられていっているような気分だ。

（……忘れられる？）

そう考えた瞬間、刺すような頭痛と共に脳裏に過去の記憶がフラッシュバックした。

「……ッ」

決戦の地は最北端の氷の城だった。

凍《い》てつくような寒さの中、死力を尽くして悪神へと挑んだ。

その心臓に突き立てた聖剣に、ありったけの魔力を注ぎ込んだ。闇に染まり、世界を呪い続ける神を封じるために。

力が拮抗《きっこう》する中、紙一重で競り勝った。だけど、悪神は自我が消え去る寸前、和音に抗《あらが》うことをやめ、残る全ての力で呪いをかけた。

——異世界の勇者よ。その身を見知らぬ世界に捧げた代償として、お前の××から×××××がいい！

全力を使い切り、意識を失う寸前、そう云われた。

(思い出した)

あのときははっきりと聞き取ることはできなかった。だけど、いま蘇ってきた記憶からは読み取れる。

——お前の〝世界〟から〝忘れ去られる〟がいい！

悪の化身となった古《いにしえ》の神は、確かにそう云った。あれが残された力を使ってかけられる最大の呪いだったのだろう。

そしていま、あの呪いが成就しかけている。

不可解なできごとの理由に気づき、血の気が引いていく。

(やっと、元の世界に戻ってこれたのに)

世界から排除された復讐《ふくしゅう》に、和音からも居場所を奪ったのだ。

自分たちは悪神に勝てたと思っていた。けれど、そうではなかったようだ。握りしめた手が震える。

脳天気に笑っていた和音を、悪神はいまごろ嘲笑っているに違いない。

木村の態度の変化も森永の訝しげな表情も、呪いのせいだったのだとしたら納得もいく。

せっかく戻ってきたというのに、このままでは慶吾にも忘れられてしまう。もしかしたら、和音が存在したという事実すら消滅してしまうかもしれない。

「和音？　顔色が悪い。具合でも悪いのか？」

「……大丈夫。ちょっと頭痛くなっただけ」

「病院に行こう。頭への衝撃は、時間が経ってから症状が出ることがあるからな」

「そんな大袈裟にしなくていいよ。家に帰って休めば治るだろうから」

「いや、ダメだ。もう一度、精密検査をしてもらう」

慶吾はそう宣言すると、ウインカーを出し、行き先を変更した。

17

強引に連れていかれた病院での検査では、どこにも異常は見られなかった。

(それも当然だけど)

むしろ、変化があったのは周りのほうだ。先日入院したときに担当してくれていた医師も看護師も、和音のことはほとんど覚えていなかった。

長年の行方不明者が運び込まれてきたという大雑把な記憶だけがうっすらと残っているだけだった。カルテがなければ、その患者が和音だと信じてもらえなかっただろう。

「忘れ物ない?」

玄関で靴を履いた慶吾に鞄を手渡す。今日も編集部で打ち合わせがあるらしい。

このところ、頻繁に打ち合わせが入っている。仕事もあるだろうが、再婚に向けての準備もあるのだろう。

さすがに二度目の式を挙げることはないと思うが、再び生活を共にするに当たって話し合うことも多いはずだ。

「ああ、ゲラも入れたし、スマホもある」

「美琴によろしくね」

「伝えておくよ。和音に会いたいってうるさいから、また三人で食事に行こう」

「俺がいたら邪魔じゃないの？」

「どうして和音が邪魔になるんだ？　むしろ、美琴なら俺がいないほうがいいって云うんじゃないか？　二人きりにしたらどんな悪口を吹き込まれるかわかったもんじゃないからな。用心しないと」

真面目な顔で云う慶吾の様子に笑ってしまう。〝作家〟としての自分に、責められるべき要因があるのを自覚しているのだろう。

「あっ、そうだ。今週末って慶吾の誕生日じゃない？」

「そういえばそうだな。よく覚えてたな」

あらゆるものの暗証番号にしているのだ。忘れるわけがない。

「慶吾の腕には敵《かな》わないと思うけど、俺がご馳走作るから……二人でお祝いしようよ」

緊張を押し隠し、さりげなく告げる。

「和音が作ってくれるのか？　それは楽しみだな。けど、体調のこともあるんだから無理だけはしないでくれよ」

「何云ってるの。どこも異常なかったんだから、心配しなくていいってば」

「やっぱり、今日の打ち合わせは延期してもらおうかな」

靴まで履いたというのに、出かけるのを渋り始めた。このところ、前にも増して和音を一人にさせることに強い不安を抱いているようなのだ。

「仕事をサボる理由にしてるんじゃないよね？」

「そういうわけじゃない。それじゃあ、行ってくるけど——」

「何かあったら、すぐに連絡すればいいんだろ？　編集部の番号も控えてあるし、いざとなったら森永さんに頼るから大丈夫」

後ろ髪を引かれる様子の慶吾を無理やり送り出し、一人になった和音は自分の疑問を検証してみることにした。

『世界から忘れ去られる』というのは、どこまでの範囲なのかということだ。人々の記憶から消えるだけなら、知らない土地にやってきたつもりで生きていけばいい。

だが、〝記録〟からも消えてしまう可能性がある。その場合はまた対策を考え直さなければならないだろう。

過去の記録を確認するために、慶吾の書斎に入り、高校の卒業アルバムを手に取った。自分のクラスのページを捲り、左上に目をやった。

「……俺がいない」

生徒の写真は五十音順で並んでいるはずだ。だが、自分の写真があったはずの場所には、慶吾の写真が繰り上がるようにして配置されていた。

クラスの集合写真も目を皿のようにして自分を探したけれど、見つけることができなかった。

生徒たちで編集したページにも小さい写真があったことを思い出し、アルバムの後ろのほうを探す。

「あった、このページだ」

美術部の生徒がデザインした三年二組のロゴの下に、慶吾と美琴が並んで写る写真が載っている。

だが、慶吾の隣、和音が座っていた場所は不自然な空白ができていた。

「思ったよりショックだな……」

悪神の呪いが発動したのだと気づいたときから、ある程度覚悟はしていた。だけど、こうして目《ま》の当たりにするのは衝撃が大きかった。

他の媒体はどうだろうかと、インターネット上で検索してみる。面白おかしく書かれていたゴシップ記事はほとんどなくなっていた。

掲載期間が切れて削除されたのかもしれないが、急に皆が興味を失ったようだ。

「あ、そうだ！」

木村があの様子なら、同じように執着していた根元はどうだろうか。名刺を探し出し、電話をかけてみることにした。

コール音が聞こえるが、なかなか出てくれない。

『さっきからしつけーな！　ったく、一体どこでこの番号知ったんだ？』

「根元だよね。俺だけど、いまいいかな？」

『あ？　どこの俺様ですか？』

ある意味、予想どおりの反応が返ってくる。

(根元の中からも消えてる)

思ったよりも呪いの浸食が早く、和音は焦りを覚えた。

「芦谷和音って云ってわかる？　大学の同期なんだけど」

『芦谷？　そんなやつ友達にいねーけど、おたく押し売りか宗教の勧誘？』

まるで和音を追いかけていたことなどなかったかのような態度で、思わず笑ってしまう。

「ごめん、わからないならいいんだ」

謝っている最中に通話が切られる。

彼につきまとわれなくなったことはありがたいが、あんな腐れ縁の相手でも忘れられてしまうと少し淋しい気持ちになるのかと笑ってしまった。

あんなに和音に執着していた根元の記憶から消えているなら、他の人たちの中にはほとんど残っていないだろう。

皆の記憶から消え、何の記録もなくなったあとはどうなるのだろう。

戸籍がなくなれば、日本で普通の生活を営むのは難しい。かといって、パスポートを取得できないため外国に行くこともできない。

「山奥で自給自足とか？」

だけど、そこで社会から離れて暮らしたとして、意味はあるのだろうか。こちらの世界に戻ってきたのは、慶吾に会うためだ。

一考の余地がありそうだ。何より、和音には『最後の手段』がある。できるだけ使いたくはないけれど、保険があると思えば冷静になれる。

（……母さんも俺のこと忘れちゃったかな）

前回の電話であの様子なら、あまり期待はできないだろう。

いまのところ、慶吾には変化の兆しは見られない。もしかしたら、接する時間が少ないほうが、記憶の薄れるのが早いのかもしれない。

慶吾も顔を合わせなくなればすぐに和音のことなど忘れてしまうに違いない。世界から忘れ去られるというのは、まるで存在が消えていくことのようだ。

こんなことなら、最初に召喚されたときにこちらの世界から存在したことを消しておいてくれたらよかったのに。

そうすれば皆を悲しませることも、和音の捜索に時間や労力を割かせることもなかっただろうに。もうあまり自分に時間は残されていないだろう。慶吾との生活も直に終わる。それが少し早まるだけだと思えばいい。

今週末は慶吾の誕生日だ。最後の思い出を作ろう。図々しいかもしれないけれど、どうせ忘れられてしまうのだから、記念になる記憶が欲しい。

(俺だけの〝宝物〟を作ろう)

そう考えたら、少しだけ晴れやかな気持ちになった。

18

明日の誕生日の準備のためだと説得し、こうしてどうにか和音一人で出かけることができた。

今日のうちにできることをすませておかなくてはと、まずは銀行へと足を運んだ。

「ご利用ありがとうございました」

通帳と下ろした現金を鞄にしまい、銀行をあとにする。

幸い、口座情報はまだ消えてはいなかった。口座から必要な額だけを引き出し、残りは窓口で母に送金した。

詐欺の被害を疑ってか目的を訊かれたけれど、母の入院費用だと告げたらそれ以上追及されることはなかった。

「あとは食材とプレゼントだな」

あまり遅くなると、また慶吾を心配させてしまう。買い物を手早くすませて帰宅しなければ。

その前にもう一つやることがある。和音は近くのカフェに入り、アイスコーヒーを買って誰もいないテラス席に座った。

一口飲んで喉を潤すと、スマホを取り出した。

緊張に震える手でタップして呼び出したのは、母の番号だ。

前回の電話から一週間が経つ。きっと、これが母の声を聴く最後になるだろう。深呼吸をしてから、意を決して電話をかけた。

『はい、芦谷です』

何度かの呼び出し音のあと、柔らかな優しい声が聞こえてきた。母はどんなときも声を荒らげて和音を叱《しか》ることはなかった。

「あの……」

最後だと思うと、なかなか上手く切り出せない。

『どちらさまですか？』

「……ええと、ちょっとお尋ねしたいんですが、そちらに和音さんという息子さんはいらっしゃいますか？」

何を云ってるの。あなた和音でしょ？――そんな言葉が返ってくるのを期待してしまう。だけど、聞こえてきたのは怪訝そうな声だった。

『かずね……？　いいえ、うちにはそんな子はおりませんが』

やはり、母の人生からはもう和音の存在が消えてしまっていた。

和音の帰りを喜んでくれたあの日が、もう遠い昔のことのように思える。親孝行をしようと思ったけれど、もうそれは叶わなそうだ。

「……すみません、番号を間違えたみたいです」

『いいえ、お気になさらないでください』

「――あの、どうか体を大事にしてくださいね」

『え？　ええ、ありがとうございます……？』

「さよなら、母さん」

名残惜しさを振り切り、素早く通話を切る。母は不可解に思っただろうが、きっとすぐに忘れてしまうだろう。

和音は溜《た》め込んでいた空気を細く吐いた。

「はは、さすがに堪《こた》えるな……」

苦笑いでダメージを薄めようとしたけれど、胸苦しさは否めない。言葉にならない寂寥《せきりょう》感を噛み締める。

生きていればいつか親との別れは来るものだ。だけど、こんな形でさよならをすることになるなんて想像もしていなかった。

(でも、お別れを云えてよかった)

帰ってこられなければ、それすらできなかったのだから。

母の中から消えてしまったのなら、慶吾も時間の問題だろう。

人の記憶や記録からだけでなく、和音自身が薄れていっているような感覚もある。何にも認知されなくなったときに、文字どおり存在すらも消えてしまうのかもしれない。

「すごい呪いだな」

殺せないなら消してやろうだなんて、さすが神の所業だ。

それとも、勇者となる道を選んだのなら、責任を持ってそれを全うしろとでも云いたかったのだろうか。

どちらにしろ、勇者としては勝てたけれど、和音個人は負けたのだ。

それでも、慶吾と過ごす時間が持てた。そのことを考えれば、むしろ僥倖《ぎょうこう》だったと云える。

「据え膳ももらっちゃったし」

後悔など何もない。

ただ、どうしようもなく淋しいだけだ。

19

誕生日当日。パーティの準備が終わるまでは外に出ていてくれと慶吾に頼み込み、和音は料理の仕込みを始めた。

ビーフシチューを圧力鍋で煮込んでいる間に、昨晩焼いておいたケーキを仕上げる。

動画を参考にクリームを塗りつけ、チョコレートでメッセージを書いた。少しバランスが崩れてしまったけれどご愛敬《あいきょう》だ。

野菜をドレッシングで和《あ》えただけのサラダにスモークサーモンとクリームチーズを載せたカナッペ。どうしても作ってみたかったローストビーフは昨日のうちに仕込んでおいた。

あちこちに花を活《い》け、子供のときの誕生会のように壁にもＨＡＰＰＹ　ＢＩＲＴＨＤＡＹと切り抜かれたペーパーアートを下げ部屋中を飾り立てた。

仕上げにロウソクではなく魔法であちこちに小さな灯りを点《とも》していく。

「これでよし！」

準備ができたと慶吾にメッセージを送り、調理で汚れたエプロンを洗濯籠に放り込み、用意しておいた服に急いで着替える。

パーティなのだから、少しくらい小綺麗な格好をしておきたい。

髪に櫛《くし》を通して整えたところで、慶吾が帰ってきた。

「お、いい匂いだな。そろそろ空腹の限界だったんだ」

「ごめん、待たせちゃって。食べきれないくらい作っちゃったから覚悟してよ」

「すごいな。映画の中に入り込んだみたいだ」

部屋のあちこちに浮かべた光の球が幻想的な雰囲気を醸し出している。

「ほら、座って座って！」

「本当にすごいご馳走だな」

「料理動画を見ながら作ってみたけど、ああいうのわかりやすくていいね。俺でも何とかなってよかった」

大口を叩いておいて失敗するわけにはいかないと不安もあったけれど、どうにか見栄えよく並べることができてほっとしている。

「ケーキはあとでいいかな？　慶吾、シャンパンは飲めるよね？」

「ずいぶん奮発したな。あんまり無理はするなよ」

冷やしておいたシャンパンをテーブルに運ぶと、慶吾が目を瞠った。確かに現在無職の和音が買うには高い代物だ。

「一度飲んでみたかったんだよ。よく漫画とかドラマに出てくるだろ？」

淡いピンク色の液体には憧れが詰まっている。どうせ世界から消えるのなら、最後に贅沢をしたっていいはずだ。

まさに最後の晩餐《ばんさん》なのだから。

きゅぽん、と音を立ててコルク栓を抜き、フルートグラスに注ぎ入れる。慶吾がそれを手に取ったのを見計らって、グラスを掲げて縁をコツンと当てた。

「誕生日おめでとう！」

「ありがとう」

シャンパンを一口飲んでその美味しさに驚いた。

「うわ、これ美味しいね」

「美味《うま》いからって飲みすぎるとこの間みたいに酔っ払うぞ」

「ちゃんと気をつけるよ。今日は慶吾の誕生日なんだから」

この間のような失態を犯すつもりはない。素面でいなければ、大事な想い出をきちんと記憶できないからだ。

「あとね、これが誕生日プレゼント」

「開けていいか？」

「もちろん！　気に入ってもらえるかわからないけど……」

購入したときはこれしかないと思ったけれど、いざ手渡すと不安になってくる。

「和音が選んでくれたものが気に入らないわけないだろう。へえ、腕時計か。カッコいいな」

「普通のを買おうと思ったんだけど、手巻きのカッコいいやつがあったからそれにしちゃった。面倒かもしれないけど、慶吾はこういうの好きだろ？」

日常で使えるものなら、長く身近に置いてくれるのではという期待も込めて。

「ありがとう、めちゃくちゃ嬉しい」

慶吾はその場で手首につけてくれたけれど、腕時計を見つめたまま黙り込んでしまった。

「慶吾？　ベルトきつかった？　サイズ合わないなら交換してこようか？」

「……いや、そうじゃない。こんなふうに誕生日を祝ってもらうのは生まれて初めてだと思って」

「初めて？」

「ほら、ウチはみんな忙しかったから。誕生日会みたいなのを開いたことがなかったんだよ」

慶吾の両親は二人とも医師で、子供の頃は淋しく過ごしていたという話を聞いたことがある。中学で出逢ってから、毎年プレゼントは渡し合っていた。だが、こうして改まってパーティを開くということはなかった気がする。

「そっか。気合い入れて飾りつけした甲斐があったかな」

「ああ、本当に嬉しい。ありがとな」

一瞬、泣きそうに見えた笑みにぎゅっと胸を締めつけられる。バースデーパーティは単純な思いつきだったけれど、存外に喜んでもらえてよかった。

「お、お礼はいいから、ローストビーフ食べてみてよ。初めて作ったわりに上手くできたと思うんだ。ビーフシチューと取り合わせが微妙かもだけど」

「これも買ってきたんじゃなくて、和音が作ったのか？　すごいな。……うん、美味い！」

旺盛な食欲でどんどん口に運んでくれる慶吾に小さくガッツポーズをした。

「どれも美味かったよ、ご馳走様」

「片づけも俺がするから、そのまま置いといて。今日は慶吾の誕生日なんだから、王様気分でいてもらわないと」

「王様だって自分の使った皿くらい片づけるべきじゃないか？」

「いいから、あっちで休んでて。それにまだケーキが残ってるんだからね」

食後のお茶を淹れ、手作りの手の平サイズのケーキを慶吾の前に運んでいく。

「ごめん、ケーキはさすがに上手くできなかったんだ」

スポンジはまあまあの出来だったのだが、クリームを塗るのがこんなにも難しいとは思いもしなかった。表面を整えるのは諦め、フルーツを飾ってごまかすことにした。

「初めてでこれなら上出来じゃないのか？」

「そうかな。あ、ローソクつけるから一息に吹き消してよ。願いごとしながらだからね」

歳の数となると本数が多くなるため、大きなローソクを一本用意した。指先を近づけて小さな炎を作って火をつける。

「何度見てもすごいな」

「ライターないときに便利だよね」

人前では使えないけれど、災害のときにはかなり役に立つに違いない。

「願いごと考えた？」

「ああ、もう決まってる」

慶吾は顔を近づけ、そっと火を吹き消した。

一体、どんな願いをその胸に抱いたのだろうか。願わくば、彼の望みが叶いますように。

「食べていいか？」

「もちろん！」

用意しておいたフォークで端を一口サイズに掬い、ぱくりと食べる。

「……どう？」

「いままで食べたケーキの中で一番美味い」

「それはお世辞が過ぎない？」

「世界一美味しいよ」

「……っ」

「和音も食べてみたらいい。ほら」

ケーキをフォークで掬って差し出される。間接キスだと思うと、そう簡単に口を開けない。

（普通のキスだってしたのに）

ケーキを食べるだけでこんなにもドキドキするなんてどうかしている。思い切って食べさせてもらったけれど、意識しすぎて味がよくわからなかった。

「美味いだろ？　でも、こんなに幸せだと、しっぺ返しがきそうで怖いな」

「何云ってるの。来年はもっと楽しいんじゃない？」

「もっとすごいパーティを開いてくれるのか？」

「俺は今年で終わりだよ。来年はさすがに美琴と二人で祝うでしょ？」

これが二人で祝える最後の誕生日だ。

「美琴と二人で？」

慶吾は怪訝な顔をする。まだ知らないふりをしなければならなかったのに、うっかり口を滑らせてしまった。

「あっ、いや、その……」

「どうしてそう思うんだ？」

もうごまかすのは難しいと覚悟を決め、はっきりと口にすることにした。

「だって、再婚するんでしょ？　よりを戻したって聞いた」

「俺と美琴が？　何を云ってるんだ？　美琴と再婚なんてするわけないだろう。一体、誰からそんな出任せを聞いたんだ？」

「え、でも、根元がそう云って――二人が再婚するって。だから、よりを戻すのかと……」

美琴の会社にいる知人に聞いたといっていた。

「やっぱりあいつか。美琴は再婚するが、相手は俺じゃない」

「そうなの⁉　最近、打ち合わせが多いのはその話し合いもあるからなのかなって……」

「打ち合わせではほとんど仕事の話だけだ。あとは和音の近況報告ばかりだよ。……ちょっと待て。

もしかして、最初から勘違いしてないか？」

慶吾ははっとした顔で訊いてきた。

「勘違い？」

和音は首を傾げる。

慶吾はフォークを皿の端に置き、ソファに並んで座っていた和音のほうへと体を向ける。居住まいを正す様子に、和音も背筋を伸ばした。

「美琴とは元々恋愛関係じゃない。あれは偽装結婚だったんだ」

「偽装？　え？　どういうこと？」

「和音がわかってるって云ってくれたから、全部理解してるんだと思ってたけど、そうじゃなかったんだな。俺の言葉が足りなくてすまなかった。美琴との結婚は、あいつに頼まれて引き受けたんだ」

「何でそんなこと……」

「美琴の家が厳しいのは知ってるだろう？」

「うん。門限もうるさくて大変だったよね」

彼女の家は歴史ある旧家で、代々政治家を輩出している。何代か前には大臣にまでなった人物がいるほどで、彼女の弟も跡を継ぐべくいまは国会議員の秘書をしている。

飛鳥井家では男女の格差がはっきりしているらしく、東京の大学に進学することすら反対されていた。人脈作りも家の役に立つからとどうにか云いくるめ、そのまま東京で就職した。

「あの頃、地元に帰って親の云う相手と結婚するように云われていたんだ。それを回避するために、俺と結婚したんだ。つまり、契約結婚だよ」

「えっ、何でそんなことを……」

「俺が一番都合がよかったからだよ。生涯結婚する気のない同郷のそこそこでかい病院の息子なら、ぎりぎり許容範囲だろ。親父《おやじ》たちが同窓の先輩後輩関係だったのも功を奏したな」

「で、でも、だからって」

慶吾が効率主義なのは知っている。だけど、結婚という人生を左右する事柄をそんな簡単に決めてしまうなんて信じられなかった。

「俺は和音を尊敬してるんだ」

「うん？」

突然の告白に面食らう。

「色んなところに気がついて、さりげなくフォローするところもすごいし、自分を差し置いても、人が困っていたら手を差し伸べるだろう？　俺はまず自分に余裕がなければそんな余力は持てないと思ってた。俺には真似できないって。ずっと和音みたいな人間になりたいって思ってた」

「そ、そんな、大層なことじゃ……」

面と向かって褒められることなどそうないため、落ち着かない気持ちになる。自分は何もかも平凡で、人よりも鈍臭い。

幼い頃から、どんなときも主役になるような人間ではないと自覚していた。あるとき、縁の下の力持ちという役割があると知り、自分でも誰かを支える一助になれるのではと思ったのだ。

主力として役に立てなくても、その補助をすることはできるはずだ。

自らを差し置いているつもりはないけれど、優先順位は高くないかもしれない。自分のことはいつでもできるし、とくに急ぐこともないからだ。

「だけど、理屈じゃないんだよな。美琴から相談されたとき、俺にも友人の役に立てることがあるのかって思ったんだ」

「もしかして、それで偽装結婚することにしたの？」

「相手が美琴ならこれまでとほとんど変わらない生活を送れるだろうし、美琴を助けられるならそれもいいと思ったんだ」

初めて知らされた真実に、へなへなと力が抜けていく。

「結婚に否定的だった慶吾が結婚するくらいなんだから、よっぽど美琴のことが好きなんだって思って、それで……っ」

失恋しただけではない。大事なことを二人が何も教えてくれなかったことが何よりもショックだったのだ。

「本当に反省してる。和音は何も云わずに何でも俺のことをわかってくれるから、美琴とのこともてっきり理解してくれてると思ってたんだ」

自分たちの行き違いは、慶吾の和音に対する過分な評価があったようだ。

「云われなきゃわからないことだってあるよ！」

「本当にごめん……」

慶吾は深々と頭を下げてくる。

最初からわかっていたら、あんなふうに思い詰めることもなかっただろう。

(もし、そうだったら運命は変わってたのかな)

失恋後の自棄っぱちな気持ちがなければ、すんなりと『勇者』の使命を受け入れることはできなかったかもしれない。

苦しんでいる人々と接して、彼らの力になりたいと心から思うようにはなったけれど、なかなか踏ん切りがつかなかったはずだ。

「……ちょっと待って。偽装なら何でわざわざ離婚したの？ 生活に支障がないなら、そのままでもよかったんじゃないの？」

「和音が好きだって気づいたから」

「へ？」

珍しく拗《す》ねた表情を浮かべた慶吾に困惑する。

「お互い、自分の気持ちに素直になることにしたって云っただろう？ 俺は誰にも恋したことはないし、結婚する気もなかったから、美琴と籍を入れたんだ。だけど、和音への気持ちを自覚したのに、そのままの生活を続けるのは不誠実だと思ったんだ。何より、和音が帰ってきたときに後ろめたさのない状態で告白したかったから」

「ちょ、ちょっと、待った！」

淡々と語られる慶吾の想いに、頭の処理が追いついていかない。

「ごめん、俺が好きってどういうこと？」

「どう、とは？」

「いや、だから、好きにも種類があるから、どういう好きなのかなって……」

「恋愛的な好意だと云えばいいのか？　だが、正直なところ恋の段階はとうの昔に通りすぎている気がする。この愛おしさを正確に表現できる言葉を俺は知らない」

「――――」

攻撃力の高い言葉に撃沈する。慶吾はこのまま和音の息の根を止めるつもりなのだろうか。

「こんなふうに自分の気持ちに気づけたのは、和音の手紙のお陰だよ」

「手紙？」

何のことかわからず、考え込む。すると、慶吾は一旦席を立ち、書斎に向かうと一冊の本と古い封筒を持ってきた。

「え、あの、それって……」

「和音がいなくなったとき、手がかりがないかと部屋を調べたときに見つけたんだ。俺に勧めてくれた本の間に挟まってた。俺宛だったんだから、読んでもよかっただろ？」

すーっと血の気が引き、次に耐えきれない羞恥で顔が燃えるように熱くなった。

自分の書いた渡すつもりのなかったラブレターだ。

「顔色がすごいぞ」

「あっ、そ、それは渡すつもりなんて全然なくて、どこにやったかも忘れてて……！」

逃げ出したいくらい恥ずかしくなる。

「もう、ここに書かれてるようには思ってないということか？」

「そういうわけじゃ……！　むしろ、いまのほうが好きだけど、それはちょっとやばいって云うか痛いっていうか」

平常心で正視できないほど、陳腐で詩的な文章が書き綴られている。それを渡すつもりのなかった当人に読まれてしまったなんて、いますぐ消え去りたいほどに恥ずかしい。

「……というか、あの日俺は和音と恋人になれたんだと思ってたんだが、美琴と再婚するって話がおかしいと思わなかったのか？」

「あのとき、間違えたって云ったから、美琴と勘違いしてキスしようとしたんだと思って……」

「あれは夢と現実を間違えたと云ったんだ。美琴と間違えられたと思ったんなら、どうして俺に抱かれたんだ？」

「…………据え膳だと思って」

「は？」

「一度でいいからしてみたいと思っちゃったんだよ！　だから、酔っ払ってるあのときが最後のチャンスだと思って……」

「なるほど。あれは俺が食われたということか」

真面目な顔で考察しないでもらいたい。

「酔ってないときだって応えてくれただろう。俺がどういうつもりで誘ってたと思ってたんだ？」

「セフレみたいなものかと……」

「何を馬鹿なことを云ってるんだ！　そんなわけないだろう！」

「ご、ごめんなさい」

生まれて初めて慶吾に怒鳴られた。こんなに声を荒らげることがあるのだと純粋な驚きのほうが大きかった。

「まったく……。和音はたまに突拍子もない発想をするな」

「慶吾は合理主義なところがあるし、割り切った関係もありなのかと……」

「………」

慶吾は額を手で押さえてため息をついた。

「和音なら何でもわかってくれると思って、きちんと言葉にしなかった俺が悪かった。言葉を飯の種にしてるくせにダメだな。これからはもっとはっきり云うようにする」

反省の弁を述べた後、和音の手紙と一緒に持ってきた本を差し出してきた。

「これ、和音に読んで欲しいんだ」

真っ白の特殊紙にシンプルなデザインの施されたハードカバーの書籍だった。そこには〝伊住慶吾〟と印刷されている。

「新刊？」

「さっき届いた。やっと見本が出た」

恭しく受け取ると、ふわりと真新しいインクの匂いがした。本好きにこの匂いが嫌いな人間はいないだろう。

「もちろん話の筋は現実とは違う。だけど、主人公の気持ちは俺の想いそのままだから」

その本の帯に載せられた惹句《じゃっく》に目が留まる。


――いなくなって初めて気づいた。あいつを愛してるってことに。


ありきたりで陳腐な言葉が胸に刺さる。

「めちゃくちゃベタで恥ずかしいけど、他に思いつかなくて」

「……っ」

自分のためだけに書き下ろされた一冊の重みを両手に感じる。胸の奥が熱くなり、込み上げてくるものがあった。

だが、夢見心地にふわふわと舞い上がりかけた気持ちは、現実を思い出して萎《しぼ》んでいく。

この時間が永遠に続けばいい。

だけど、それは叶わぬ夢だとわかっている。

「……ごめん、受け取れない」

「どうして」

慶吾は食い気味に訊いてくる。その真っ直ぐな眼差しから逃れたくて、和音は俯いた。

こんな展開は想像していなかった。楽しいバースデーパーティの想い出を作り、消えゆくその日を静かに待つつもりでいたというのに。

「慶吾の気持ちはめちゃくちゃ嬉しい。もう死んでもいいくらい幸せだよ。けど――俺には呪いがかかってるんだ」

もしも、向こうの世界にいたのなら解呪の方法があったかもしれない。

そもそも、こちらに帰ってこなければ呪いが発動することもなかったわけで、悪神の置き土産はさすがとしか云いようがなかった。

「呪い？」

慶吾が怪訝な顔をする。異世界や魔法を信じることはできても、オカルトめいた〝呪い〟という曖昧な概念は俄には飲み込めなかったのだろう。

「向こうの世界で悪神を封じるときに呪いをかけられたんだ。お前の世界から忘れ去られろって。もう母さんも俺のこと覚えてないし、卒業アルバムからも姿が消えてた」

「……だから、このところ様子がおかしかったのか……」

「あんなにしつこかった根元も、このところ音沙汰がないだろう？　あいつの頭の中からも、俺は消えたんだと思う」

つきまとわれていたときは鬱陶《うっとう》しかったのに、忘れられたかと思うと少し淋しいのは何故だろう。

「だとしても、俺が和音を忘れるわけがない」

「ありがとう。そう云ってもらえるのはすごく嬉しい。けど多分、このまま俺自身も消えていくんじゃないかな。何となく存在が薄くなってる気がするんだ」

慶吾が覚えていてくれたとしても、先に和音の存在が消え去ってしまうかもしれない。

「そうか。だから、和音を見ていると云いようのない不安に駆られたのか」

「え？」

「目を離したら、和音が消えてしまいそうな気がして怖かったんだ」

過保護ぶりが最初の頃とは少し違うように感じたのはそのせいだったのか。

「和音が消えずにすむ方法はないのか？」

「なくはないと思う。向こうの世界に行けば、呪いは回避できると思う」

恐らく、それが唯一助かる道だ。だけど、それは自ら全てを捨てるということになる。

「だったら……！」

期待をその目に浮かべた慶吾に対して、力なく首を横に振る。

「でも、そうすると慶吾の傍にはいられなくなるだろ。できれば、最後の瞬間まで傍にいさせてもらいたいんだ。そうなる前に慶吾も忘れちゃったら難しいかもしれないけど」

一分一秒でも長く傍にいて、同じ空気を吸っていたい。そのためにこの身が消えてしまうのなら、別にそれで構わない。

慶吾は難しい顔で考え込んでいる。何か方策がないか、思案しているのだろう。

「——俺も一緒に行けないのか？」

「え？」

難しい顔で黙り込んでいたかと思えば、突拍子もないことを云い出した。

「向こうの世界とやらに行けば和音は消えずにすむんだろう？　だったら、俺が一緒にいればずっと傍にいられるじゃないか」

「そ、そんなことできないよ！」

「不可能だということか？」

和音の言葉に、慶吾は眉間に皺を寄せる。

「そうじゃなくて、慶吾を道連れにできるわけがないって云ってるんだよ！」

「つまり、俺がその世界に行くことは可能なのか？」

「それは可能かもしれないけど……」

通行証のようなものがあるわけではない。理論上は道さえ開かれてしまえば、どんなものも通ることはできるだろう。

ただし、向こうから〝召喚〟されたわけではない。道程が安全かどうかもわからないし、慶吾自身があの世界に適性があるかもわからない。

無事だったとしても、召喚されたときのように魔力で言語の意味がわかるようにはならないだろう。

（そんなの、慶吾は乗り越えられるとは思うけど）

身一つあれば、どこでだってやっていけるだろう。和音以上に適応し、未知の才能を開花させるかもしれない。

だけど、彼にはこの世界での人生がある。

「慶吾の気持ちはものすごく嬉しい。だけど、一緒に来てもらったら慶吾に何もかも捨てさせることになる。俺のことはみんなが忘れるからいいけど、今度は慶吾が行方不明者になっちゃうだろ」

慶吾は事もなげに云っているが、人生を捨てるということだ。

またたくさんの人に心配をかけることにもなってしまう。

和音の存在は消えてしまう。だけど、慶吾が姿を消せば、五年前に和音が召喚されたときのように失踪事件として扱われるだろう。

一般人の和音よりも人気作家である慶吾のほうが、騒ぎが大きくなることは目に見えている。

「身辺整理をしてから行けばいい。海外に移住したことにでもして、引退宣言をすればそのうち俺だって世間から忘れられる。うちの親は俺にあんまり興味がないから、そんなに気にしないだろ。まあ、美琴には面倒をかけるかもしれないが、あいつならわかってくれる」

「でも……！」

「異世界に行ったら無一文になるが、言葉さえ覚えればどうにかなるだろう。一から商売を始めてみるのもいいかもな。二人ならどこでだって生きていける」

どこまでも前向きな展望を語る慶吾に涙が溢れてくる。

「どうしてそこまで……」

「云っただろう、和音がいない世界でなんて生きていけないって。君は俺の全てなんだ。二度と離す気はない」

「……ッ」

「頼む、行くなら俺も連れていってくれ」

「本当にいいの…？」

「俺ができそうなことを云ったことがあったか？」

慶吾の言葉に本気を悟った。

「和音の本音を聞かせてくれ。お前の願いなら何だって叶えてやる」

自分の願いなど許されないと思っていた。

だけど、もし叶うとしたら。

「け、慶吾の傍にいたい。ずっと一緒に生きていきたい……！」

「俺もだよ」

そっと手を握られる。

「――慶吾のことは何があっても俺が守るから」

慶吾の手を握り、真っ直ぐ彼の瞳を見つめた。どんな危険からも守り抜いてみせる。

「頼もしいな、勇者様」

和音の言葉に慶吾が破顔した。

20

和音が世界から消えるまで、いくらかは猶予があるはずだ。それまでに旅立つ準備をしようということになった。

「——で、誕生日プレゼントは他にもあるんだろう?」

「え?」

「食事も時計も嬉しかったけど、一番欲しいものをまだもらってない」

伸びてきた手が頬を撫で、指がそっと唇をなぞる。慶吾が何を要求しているのか察し、かあっと顔が熱くなった。

「しゃ、シャワー浴びてない」

急に自分が汗臭いのではないかと不安になってきた。

「俺もだ。気にするな」

「でも」

「ここまできてお預けなんて勘弁してくれ」

「うわっ」

腰を抱き寄せられ、変な声が出てしまった。思わず仰《の》け反《ぞ》った弾みにソファに倒れ込んでしまう。
慶吾はそのまま和音に覆い被《かぶ》さってきた。

「俺は性欲が薄いほうだと思ってたんだ。けど、そうじゃなくて和音しか欲しいと思えないだけだったみたいだ」

「あ、そ、そうなんだ……？」

「和音には自分でも呆れるくらい欲情してる」

「……っ」

この場でそんな告白をされても困る。だけど、それは和音も同じだ。求められれば嬉しいし、それ以上に欲しくて堪らない。

「今日は俺の好きにしていいんだろう？」

確信のある問いかけに小さく頷く。

顔が近づいてきて、視界が陰る。目を閉じると同時に、唇を奪われた。慶吾の舌は甘いクリームの味がする。

キスにも少し慣れてきた。自分からも舌を絡め、口づけを貪り合う。

そうしながら、慶吾の背中に縋りつく。慶吾は和音の体をまさぐり、太股《ふともも》を撫で上げた。足を膝で割られ、兆しかけた場所を刺激される。

びくんっと反応して腰が浮いた隙に尻を鷲《わし》摑みにされ、揉みしだかれた。

「んんっ、ンッ、ぅん」

「あっ」

ズボンと下着を剝ぎ取られ、シャツ一枚の無防備な姿にされた。自分ばかりが恥ずかしいことが不公平に感じられたけれど、今日は慶吾の誕生日だ。彼が望むことは何でもしてあげたい。
慶吾は胸元一つ緩めぬまま、和音の首筋に吸いついた。首や肩の皮膚を吸い上げながら、胸元を探る。

「やっ」

探し当てられた乳首を指でキツく捏ねられる。弄《もてあそ》ばれて硬くなったそこに、慶吾は唇を寄せた。
尖ったそれを舌で転がし、歯を立てる。微かな痛みは快感に変わり、堪らずに慶吾の頭を掻き抱く。

「あ、はっ……あ、あっ」

まだ直接触れられてもいないのに、和音のそれは勃ち上がり始めている。慶吾は体をずらすと、そこに顔を寄せた。

「やだ、そんなとこ……！」

あらぬところに口づけられて困惑する。

「どうして？」

「だ、だって、汚いから……」

どうしてと云われるまでもなく、排泄《はいせつ》に使う場所を舐められるのは抵抗がある。そういう行為が一般的なのだとしても、自分のものを慶吾が口にするなんて。
自分から誘いかけたくせに、いざとなると尻込みしてしまう。

「そもそもセックスなんて綺麗なものじゃないだろう？　和音は俺のを舐めてって云ったら無理だと思うか？」

「――無理じゃない」

想像しただけで興奮する。むしろ、したい。どんな感触がして、どれだけ熱いのか、感じ取りたい。

あの怒張を口に含むことを想像したら、堪らなく体が熱くなった。

「なら、問題ないな」

「ひゃっ、あっ、あ、あ、あ……！」

慶吾は和音の昂ぶりの先端をぱくりと口に含んだ。そうして、何の躊躇いもなく舌を絡めてくる。

「や、あ、ああ、あ、ぁン」

鋭敏に感じて跳ねる腰を押さえつけられながら、アイスキャンディーのように昂ぶりを舐めしゃぶられた。

ドロドロに舐め溶かされてしまうのではと錯覚するが、実際は痛いくらいに、硬く張り詰めている。

足を折り曲げられ、秘めた場所を晒される。

「ひゃっ」

慶吾は窄まりを舐めて濡らす。

「あ、あ、あ、あ」

丹念に舐め溶かすかのようにされ、そこがひくつき始めた。もっと明確な刺激が欲しい。そう思うのに、慶吾は和音の昂ぶりを根元から大きく舐め上げ、先端を飲み込んだ。どうしようもなく感じてしまい、慶吾の髪を差し込んだ指で掻き回す。

「もおダメ、出る、出ちゃう…から……っ」

離して欲しいのに、慶吾はさらに強く吸い上げてくる。必死に衝動を抑えようとするけれど、彼の手管には敵わなかった。

そのまま先端の窪《くぼ》みを尖らせた舌先で抉られ、とうとう決壊してしまった。

「あっ、ぁあ……っ」

和音の意志とは裏腹に、慶吾の口腔に残らず注ぎ込んでしまう。慶吾は残滓まで残らずすすり上げ、吐き出さずに嚥下《えんげ》してしまった。

「ダメって云ったのに……」

泣きたいくらい恥ずかしい。あまりの快感に耐え切れなかったのは自分だが、思わず詰《なじ》るような言葉を口にしてしまう。

「そうやって恥ずかしがってる姿が堪らないな。イジメたくなる気持ちが少しわかる」

「……慶吾ってそういうタイプだったんだ」

「嫌になったか？」

「ううん、慶吾にならイジメて欲しい」

小さな声でそうねだる。行為の最中、普段とは違う顔が見られると興奮してしまう。

「じゃあ、もっと酷いことしないとな」

興が乗った慶吾の膝を跨《また》がされたと思うと、尻を押し開かれ、さっきしつこく舐められた場所に指を押し込まれた。

慶吾はそのまま抜き差しを繰り返しながら、指を増やして中を押し広げてくる。

「あっ、あン！」

ぐりっと内壁を押され、小さく達してしまった。潤んだ窪みから、白濁が溢れてしまう。

ここ最近で教え込まれた体は、後ろだけ弄られても達してしまうようになってしまった。

和音が半裸で息を切らせ体液をだらしなく零しているのに、慶吾の服に乱れはない。

「……俺ばっかり、恥ずかしい……」

「じゃあ、和音が脱がせてくれ」

「え、俺が？」

躊躇いながら、慶吾のシャツのボタンを外していく。胸元を露わにして腕から袖を抜き、ベルトに手をかけた。慶吾のそこはすでに張り詰め、下着の中で窮屈そうにしていた。

「……っ」

引っ張り出した慶吾の昂ぶりに思わず喉を鳴らす。少し触れただけでドクドクと脈打つ鼓動が伝わってきた。

「これ、着けられるか？」

「え？」

渡されたのは、アルミのパッケージに包まれた避妊具だった。

「……準備よすぎない？」

慶吾の寝室のサイドボードの引き出しに入っているのは知っていたけれど、家の中で持ち歩いているとは思わなかった。

「誕生日を祝ってくれると云われたら期待もするだろう」

「ごめん」

別れのための最後の晩餐のつもりだった和音は、慶吾の拗ねた口調に小さくなる。

「着けるの初めてだから、上手くできなかったらごめん……」

いつもは慶吾が自分で着けているし、和音は自分で使ったことはない。どうにか四苦八苦しながら、装着させることができた。

ジェルのついたタイプで、初めから表面がぬるついていた。

「俺がやる」

腰を浮かせて慶吾に密着するくらい体を寄せる。そして、散々慣らされた場所に硬く張り詰めた切っ先を押し当てた。

「……っ」

その熱さだけで、和音の体は期待に震えてしまう。

息を止めて腰を下ろす。ぐぷりと入ってきた先端の熱さに、思わず息を呑んだ。

ゆっくりと屹立を飲み込んでいたのに、慶吾は我慢できなくなったのか、力任せに和音の腰を引き下ろした。

「ぁああっ」

その衝撃で、びくびくっと下腹部が震える。今度は派手に白いものを爆《は》ぜさせてしまった。絶頂の余韻に震える和音の体を、慶吾は乱暴に揺さぶり、荒々しく突き上げてくる。

「あっ、待って、あっ、あっ、あっ、あ……っ」

慶吾の背中に爪を立て、荒波のような快感を耐え忍ぶ。体が跳ねるのに合わせて、ソファがギシギシと音を立てた。

浅くて早い呼吸と自分のものとは思えない甘ったるい嬌声《きょうせい》が部屋に満ちる。

「はっ、あ、あ、ああ……！」

慶吾は再び和音をソファに組み敷くと、より乱暴に揺さぶってきた。激しく掻き回し、これ以上ないほど奥まで貫かれた瞬間、欲望が大きく震えた。

「あっあ、ア、あ――」

声にならない声を上げ、ほぼ同時に終わりを迎えた。解放感と甘い痺れ、そして幸福感が全身を包み込んでいる。

いつまでもこうしていたい。

「大丈夫か？」

汗ばんだ前髪を掻き分け、そっと頭を撫でてくれる。

「そういえば、ちゃんと云ってなかったな。和音、愛してる」

改めて告げられた告白に、思わず眦《まなじり》から大粒の涙が零れ落ちる。

「うん、俺も――」

世界からこの身が消え去ったとしても、全身全霊で愛している。お互いを掻き抱き、嵐のような口づけを交わした。

21

都内の大型書店は前夜から大忙しだった。

人気作家の渾身《こんしん》の大作が発売になるからだ。書店員は前以《もっ》て作っていたディスプレイを店頭の目立つ場所に飾り、その前に搬入された書籍を大量に積み上げた。

そして、開店したいま、来店した客たちが次々にそれを手に取りレジへと向かっていく。そんな圧巻の光景を、その新刊を担当した飛鳥井美琴は感無量な様子で眺めていた。

この本の作者は学生時代の親友だ。作家人生をかけたと云っても過言ではない大作で、初めて目を通した夜は興奮して眠れなかった。

美琴は彼ともう一人、弟のような友人とずっと三人で過ごしてきた。辛いことも楽しいことも共有してきた大事な友人たちだ。

だけど、いま彼らの顔を思い出そうとすると、何故かおぼろげではっきりとは浮かんでこない。宝物のような想い出も、たくさんあったのに蜃気楼《しんきろう》のように揺らいでいる。

必死に記憶に留《とど》めようと手帳に書き留めているけれど、書いたはずの文章が消えていることがある。そのうち思い返すこともなくなってしまいそうな予感もある。

彼らからは全てを託された。詳しくは聞かされなかったが、二人で見知らぬ地へと旅立つのだそうだ。恐らく、もう戻ることはないのだろう。彼らは美琴に世話をかけることをしきりに謝っていた。

（まったく、水くさいんだから）

親友が幸せになる手助けを面倒がるとでも思うのか。つらつらと二人のことを考えながら次から次に売れていく様子を眺めていたら、担当の書店員が声をかけてきた。

「売れ行き好調ですね！　予想はしてましたけど、この勢いだと明日には在庫が足りなくなりそうで嬉しい悲鳴です」

「本当にありがたいです。営業もまた顔を出すはずなので、伝えておきますね」

「助かります。それにしても本当に泣けました！　主人公の親友を思う気持ちが痛いほど伝わってきて、愛って何なんだろうってすごく考えさせられました」

彼女には発売前に見本を渡し、広告に使うためのコメントを書いてもらった。誰よりも熱心な感想を書いてくれたが、まだ語り足りないようだ。

「賛否がありそうですけど、私としては最後が余韻のある終わり方なのが本当によかったです。あの二人は絶対幸せになって欲しいです」

「ええ、私もそう思います」

美琴は何故か感情が溢れてくるのを感じ目の奥が熱くなるのを堪えながら、力強く同意する。

「幸せにならないと許さないんだからね」

硝子《ガラス》越しに見上げた空に向かって、一人そう呟いた。

あとがき

初めまして、こんにちは。藤崎《ふじさき》 都《みやこ》です。

この度は拙作をお手に取って下さいましてありがとうございます！

今回は、異世界から戻ってきて浦島太郎状態になった主人公が初恋をやり直すお話になりました。

異世界ものでも色々ありますよね。病気や事故で亡くなったあと違う人物に転生したり、ある日異世界と繋がるゲートのようなものが開いたり、そのままの体で召喚されたり――。〝転生〟ではなく〝召喚〟された場合、元の世界の人たちはどうしてるのかなと考えることがあります。

急にいなくなってしまったとしたら家族や友人たちは心を傷めるだろうし、きっとどうにかして探し出そうと手を尽くしますよね。

二度と元の世界に戻れないのだとしたら、いっそ存在ごと消えてしまって忘れられたほうが悲しませずにすんで幸せなのでは？ というところからお話が生まれました。

引き裂かれそうになった二人が想いを遂げるのはやはりロマンですよね！ 相手を慮っ

て身を退こうとする受けも大好物でして、そんな好きな萌え要素を詰め込んでみました。

お世話になりました皆様にお礼を書かせてください。

担当さまには今回も大変お世話になりました。ありがとうございます！

繊細で美麗なイラストを描いてくださった石田恵美《いしだめぐみ》先生には感謝してもしきれません。和音《かずね》と慶吾《けいご》、二人ともとても魅力的なのはもちろんのこと、年の差の絶妙なキャラクターデザインが素晴らしかったです！

この本をお手に取って最後まで読んで下さいまして、ありがとうございました！　ひときの息抜きになっていれば幸いです。

よろしければ一言で構いませんので、ご感想などお聞かせいただけると嬉しいです。

それでは。またいつか、どこかでお会いできますように。

二〇二四年四月

藤崎　都

リンクスロマンスノベル

失恋勇者はバウムクーヘンの夢を見るか？

２０２４年６月30日 第１刷発行

著　者　藤崎《ふじさき》 都《みやこ》

イラスト　石田《いしだ》恵美《めぐみ》

発行人　石原正康

発行元　株式会社 幻冬舎コミックス
〒１５１－００５１ 東京都渋谷区千駄ヶ谷４－９－７
電話０３（５４１１）６４３１（編集）

発売元　株式会社 幻冬舎
〒１５１－００５１ 東京都渋谷区千駄ヶ谷４－９－７
電話０３（５４１１）６２２２（営業）
振替　００１２０－８－７６７６４３

デザイン　kotoyo design

印刷・製本所　株式会社光邦

幻冬舎コミックスホームページ　https://www.gentosha-comics.net